AF142693

ars vivendi

Namiko ist eine rätselhafte Frau: Sie braucht zum Lesen kein Buch, hat am Stadtrand ihren eigenen Traktor geparkt, dichtet vorbeieilenden Fremden gern fantasievolle Erlebnisse an – und verleiht mit ihrem Flüstern den Worten eine ungeahnte Intensität und Ausdruckskraft. Und während sie den Journalisten aus Deutschland in die Geheimnisse japanischer Gartenkunst einweiht, entwickelt sich aus der Faszination der beiden eine tiefe Zuneigung. Schon bald steht der Reporter vor der wichtigsten Entscheidung seines Lebens, bei der ihm die Antworten seines Kopfes nicht weiterhelfen …

Andreas Séché, geboren 1968, schrieb als Journalist für Tageszeitungen und war zwölf Jahre lang Redakteur bei einer Zeitschrift in München, bevor er in seine Heimat, das Rheinland, zurückkehrte. Heute lebt er als Schriftsteller am Niederrhein. Bei ars vivendi erschienen auch seine Romane *Zwitschernde Fische* (2012) und *Zeit der Zikaden* (2013).

Andreas Séché

Namiko
und das Flüstern

ars vivendi

Sonderausgabe
7. Auflage 2023
© 2011 by ars vivendi verlag
GmbH & Co. KG, Cadolzburg
Alle Rechte vorbehalten
www.arsvivendi.com

Lektorat: Dr. Felicitas Igel
Satz: Mascha Kirchner
Umschlaggestaltung: Philipp Starke
Druck: CPI, Leck

Printed in Germany

ISBN 978-3-86913-976-0

Namiko und das Flüstern

Wir müssen nicht weiter gehen.
Aber tiefer.

PROLOG

Manchmal schaue ich zum Mond auf und sehe mich selbst. Oft stehe ich dabei im Garten, direkt neben dem Nadelbaum, und während ich in den Himmel starre, drehe ich langsam einen Kiefernzapfen zwischen meinen Fingern. In letzter Zeit mag ich pathetische Gesten.

Irgendwie habe ich immer gewusst, dass die Zeit kommen würde, in der ich still den Mond anblicke und an meine Entscheidung denke und an das, was geschehen ist. Natürlich bin ich traurig, aber ich bin auch glücklich. Vielleicht ist das ohnehin dasselbe, wer kann das schon sagen.

Wenn ich den Blick wieder senke, schauen meine Augen durch das Fenster in den hell erleuchteten Raum hinein, und wenn ich mich konzentriere, sehe ich dort zwei verschwommene Gestalten auf dem Sofa sitzen, Rotwein trinken und lachend den Kopf nach hinten werfen.

Wir sehen uns, flüstere ich dann und blicke auf den Kiefernzapfen.

I

Immer wenn ich eine Flöte höre, muss ich an Namiko denken.

Namiko liebte die Flöte und die Töne, die aus ihr herausströmten, sie mit Haut und Haar erfassten und ihre Seele forttrugen in Welten, zu denen mir der Zutritt verwehrt war. Wenn Namiko eine Flöte hörte, schien sie wie in einen Bann gezogen. Meistens waren es die langsamen, tiefen Töne der japanischen Shakuhachi, deren Zauber sie trunken machte und dem auch ich mich nicht entziehen konnte. Aber um wie viel tiefer konnte die Musik in ihr Inneres vordringen als in meines.

Überhaupt liebte Namiko die sanften Töne. Das leise Atmen des ersten Oktoberwinds, das gedämpfte Geschwätz der Bäche von Kyoto, das Knistern des Schnees auf dem Moos, den fernen Klang shintoistischer Tempelglocken und natürlich das Flüstern.

Manchmal lag sie einfach neben mir im Gras, und dann spürte ich bereits, dass sie gleich wieder zu flüstern beginnen würde. Flüstern, sagte Namiko immer, das sei betonen, indem man gerade nicht betone. Wenn man die Stimme zurücknehme, verlagere sich das Gewicht von der Form des Gesagten auf seinen Inhalt und verleihe dem, was man ausdrücken wolle, den unaufdringlichen Hauch des Bedeutungsvollen.

»Flüstern«, flüsterte sie mir einmal ins Ohr, »ist Intimität mit der Stimme.«

Solche Sachen konnte nur Namiko sagen.

Wenn ich heute, nach all den Jahren, zurückblicke, dann überkommt mich jenes seltsame Gefühl, das Glück und Wehmut in sich vereint. An dem Tag, als unsere

Wege sich zum ersten Mal kreuzten, hatte ich ja keine Ahnung, wie machtvoll das Schicksal gerade im Begriff war, in meine Zukunft einzugreifen. Das war in Kyoto damals. Namiko trat in mein Leben mit der stummen Herausforderung eines Rätsels, das endlich gelöst werden wollte. Wären wir uns damals nicht begegnet, manches wäre anders verlaufen in meinem Leben. Vieles hätte ich verpasst, weil es durch meine Wahrnehmung hindurchgesickert wäre wie Wasser durch ein Sieb. Dank Namiko weiß ich, dass für mich das wichtigste Geschenk der Liebe in der Nähe liegt und nicht im Freiraum. Wäre Namiko nicht gewesen, ich hätte vielleicht niemals die sanften Töne des Lebens wispern hören. Plötzlich war ich auf der Reise durch mein eigenes Leben bewegungslos verharrt und hatte überrascht die Luft angehalten, und da war es dann gewesen, das Atmen einer ganzen Stadt, ihrer Architektur, ihrer flüsternden Gärten, ihrer Rätsel und Schriftzeichen. Und auch in der Natur war ich mit einem Mal von einem wohltuenden Raunen durchdrungen, denn das Flüstern der Welt ist allgegenwärtig.

Ich war damals neunundzwanzig, arbeitete als Redakteur für eine deutsche Zeitschrift und war nach Kyoto gekommen, um einen Artikel über japanische Gärten zu schreiben. Mein Plan bestand darin, mir einige Gartenanlagen anzusehen, im alten Geisha-Viertel Gion meine Wahrnehmung ein bisschen spazieren zu führen und nach einer Woche wieder nach Hause zu fliegen. Aber was sind schon Pläne? Man macht sie, und wenn man einfallslos genug ist, hält man sich daran. Tatsächlich sind Pläne eine groteske Angelegenheit: Wenn jemand sie schmiedet, scheint er erfinderisch, aber eigentlich zeugt es von mehr Ideenreichtum, sich *nicht* an sie zu halten. Denn Pläne sind nichts weiter als Entwürfe, die eine trügerische Sicherheit verleihen und zur Ausrede werden, wenn man nicht auf die Spontaneität des Augenblicks reagieren möchte.

Seit einer halben Stunde schlenderte ich durch den Garten des Silbernen Pavillons und versuchte, mit eigenen Augen wiederzuerkennen, was ich zuvor in Büchern über die Gartenkunst Japans gelesen hatte. Da verirrte sich mein Blick und fiel auf eine Frau.

Sie lehnte an einem Kirschbaum und hatte ihr weißes Männerhemd hochgerafft, damit sie die Hände in die Hosentaschen stecken konnte. Das glatte, schwarze Haar war zu einem Pferdeschwanz gebunden, und während sie auf dem Bügel ihrer Sonnenbrille herumkaute, sprang die Neugier aus ihren Augen. Sie musste mich zuerst entdeckt haben. Als ich sie erfasste, ruhte ihr Blick bereits in meinem.

Mein erstes Gefühl war Verblüffung. Fast war mir, als seien wir hier miteinander verabredet gewesen und beide erleichtert, uns endlich zu sehen. Ihr Blick trug einen vorwitzigen Forschungsdrang zu mir herüber, blätterte hemmungslos mein Äußeres auseinander und drohte in meine Innenwelt zu spähen. Meine Empfindungen verwischten. Ich schaute zur Seite und versuchte, meine Gedanken für ein paar säuberlich gepflanzte und geschnittene Büsche zu interessieren. Doch tief in mir war in diesem kurzen Augenblick etwas geweckt worden, das für Pflanzen nur wenig übrig zu haben schien, also hielt ich der Versuchung nur kurz stand und blickte wieder zum Kirschbaum hinüber.

Die Frau stand nicht mehr dort, und ich sah sie auf eine nahe gelegene Bambusgruppe zugehen, ohne dass sie sich noch einmal umdrehte.

Dann war sie weg.

2

Vier Tage später schwang unsere Begegnung noch immer leise in mir nach. Ich hatte mir vorgenommen, mich von theoretischen Abhandlungen über japanische Gärten zu lösen und stattdessen lieber selbst darin zu baden. Also saß ich im Zengarten, und um mich herum keimte die Stille. Die Landschaft hatte sich stumm vor mir aufgebaut und wartete nun darauf, gewürdigt und, wenn das von einem Europäer nicht zu viel verlangt ist, auch verstanden zu werden. Denn die Zengärten der alten Kaiser- und ehemaligen japanischen Hauptstadt Kyoto sind keine diktatorischen Kunstwerke: Sensibel haben Mönche Ordnung in das Kiesfeld gerecht, aber niemand schreibt vor, was der Staunende damit anfangen soll. Vielleicht möchte er sich an ein Reisfeld erinnern, vielleicht an eine Wüste, und vielleicht fühlt er sich auch eingeladen, sich in übermütigen Metaphern zu verlieren, während eine Eidechse durch seine Wahrnehmung huscht. Gartenbaulich hingegen ist hier nichts dem Zufall überlassen. Jeder Baum, jeder Busch und jeder Stein wird von Menschenhand geplant, gesetzt und gehegt. Und doch hat der Garten nichts von dem Reißbrettflair eines, sagen wir, französischen Gartens, in dem man manchmal fürchtet, über die Einstichlöcher des Zirkels zu stolpern, mit dem einst die Planer die Konturen auf dem Millimeterpapier scharf zogen.

Japanische Gärtner sind wohl näher am Herzschlag der Natur. Mit einem Sinn für das Filigrane und für Nuancen haben die Japaner, wie ich irgendwo gelesen hatte, zahllose Wörter für Regengeräusche und für das Aufschlagen von Regen auf unterschiedlichen Oberflächen erfunden; so lässt sich ein Garten zur Welt bringen, als habe die Erde selbst ihn geboren.

Im Zengarten hüllte mich die Harmonie ein. Ich versuchte, danach zu greifen, wandelte ein wenig umher und überquerte eine kleine geschwungene Holzbrücke, die geduldig über einem Bach ausharrte. Den benachbarten See beseelten Zierkarpfen, die sich streicheln ließen und von denen manche so wertvoll waren wie ein Auto.

Die vier Elemente des Zengartens sind Stein, Wasser, Baum – und Moos, das grüne Meer des Festlandes, das über die Steine schwappt und die Baumrinden emporklettert. Ich bemühte mich, nicht auf das Moos zu treten, denn das wird in Japan nicht naserümpfend als Unkraut abgetan. Moos, das hält nicht nur die Feuchtigkeit gefangen, Moos bedeutet auch Alter, und dem Alter und der Vergangenheit bringen viele Japaner etwas wahrlich Seltenes entgegen: Verehrung. Auch ich sollte den Wert des Gewesenen bald vollkommen neu schätzen lernen, aber davon ahnte ich zu diesem Zeitpunkt noch nichts. Und nicht nur vor dem Moos, überhaupt vor der Natur pflegen viele Japaner eine gesunde Ehrfurcht, kein Wunder bei all den Erdbeben und Taifunen, die das Land immer wieder durchwühlen. Und der in Japan verbreitete Shintoismus, der *kami no michi*, der »Weg der Götter«, bietet eine verschwenderische Auswahl an Naturgöttern und Geistern, den *kami*. Weil sie überall stecken, in jedem Stein, Baum, Fluss, eben in allen Dingen, wird Japan gelegentlich das »Land der acht Millionen *kami*« genannt.

Dieses Idyll meinen die Japaner, wenn sie Kyoto *nihon no furusato* nennen, sozusagen die Geburtsstätte Japans.

Vor einer säuberlich zurechtgestutzten Kiefer endete mein gedankenversunkenes Dahinschlendern. Ich blätterte in meinem Reiseführer und fand in einem Kapitel über Gartenkunst, dass Kiefern Langlebigkeit symbolisieren.

Plötzlich hörte ich eine Stimme hinter mir.

»*Konnichiwa*.«

Überrascht blickte ich von meinem Buch auf und drehte mich um. Vor mir stand die Frau mit dem Männerhemd. Diesmal trug sie ein rot-weiß kariertes. Sie hatte es locker über eine weiße Jeanshose hängen und ihre Haare wieder zu einem Pferdeschwanz gerafft, der von einem einfachen weißen Band gehalten wurde. Dass *Konnichiwa* guten Tag bedeutete, hatte ich in den paar Tagen meines Aufenthaltes zum Glück gelernt.

»*Konnichiwa*«, stammelte ich also zurück, und ich spürte, dass ich rot wurde. Was nun? Mehr Japanisch konnte ich nicht, und gerade wollte ich aus den Tiefen meines Gedächtnisses mein Schulenglisch hervorkramen, als die Frau mir mit einem sanften Lächeln zu Hilfe kam. »Wenn Sie kein Japanisch können, sollten wir vielleicht in Ihrer Sprache weiterreden«, schlug sie vor.

»Sie sprechen Deutsch!«, brachte ich heraus und gab mir für diese einfältige Feststellung innerlich selbst eine Ohrfeige.

»Von einer Germanistikstudentin sollte man das wohl erwarten können«, lachte sie. »Was sagt Ihr Buch über die wartende Geliebte?«

»Hm?«, fragte ich und blickte verdutzt auf meinen Reiseführer.

»Die wartende Geliebte. Diese Kiefer da!«

Sie deutete auf den Baum, vor dem wir gerade standen, und lächelte mich nachsichtig an. »Das japanische Wort für ›Kiefer‹ klingt genauso wie das für ›warten‹. Was, wenn der Baum eine Frau darstellt, die sehnsüchtig auf ihren Geliebten wartet?«

»Was, wenn ich einen Mann darstelle, der sehnsüchtig auf Ihren Namen wartet?«, fragte ich. Offenbar hatte ich mich wieder halbwegs gefangen.

»Namiko«, lachte sie und streckte mir sehr unjapanisch die Hand entgegen. Ich nannte ihr meinen Namen.

»Ich bin überrascht. Jetzt treffe ich Sie schon zum zweiten Mal in einem Garten, und Sie verstehen seine Sprache nicht?«

»Nun —«

»Dieser Garten hier, er erzählt Ihnen Geschichten. Sie befinden sich quasi in einem Pflanzen gewordenen Märchen. Das Wort für ›Kiefer‹ ist *matsu*, und *matsu* bedeutet auch ›warten‹.«

»Ich spreche leider kein Japanisch, ich kann bloß *Konnichiwa*«, lächelte ich.

»Da gibt es nur eins —«

»Jemanden wie Sie fragen«, schlug ich vor.

»Japanisch lernen«, schmunzelte sie zurück.

»Bis es so weit ist, übersetzen Sie mir, was so ein Garten sagt?«

Ich fragte das nicht aus beruflichem Interesse. In diesem Moment konnte ich mich nicht einmal daran erinnern, überhaupt je einen Beruf gehabt zu haben. Ich sah nur Namiko und wollte sie mit Fragen wie dieser daran hindern, wieder wegzugehen.

Aber da war noch mehr. Da war das Gefühl, die Geschichte mit der wartenden Geliebten und all den anderen als Pflanzen getarnten Gestalten um mich herum könnte irgendwie wichtig sein.

Wir schlenderten zusammen weiter und verließen den kleinen Garten, um nach einem Café Ausschau zu halten.

»Woher wussten Sie, dass ich aus Deutschland bin?«, fragte ich unterwegs.

»Wir sind uns ja schon im Garten des Silbernen Pavillons begegnet. Darum hab ich heute etwas genauer hingesehen und das da entdeckt«, sagte sie und deutete lächelnd auf den deutschsprachigen Reiseführer in meiner Hand. »Ich musste Sie einfach ansprechen, denn dass man sich gleich zweimal in einem Garten begegnet, kommt wohl nicht so häufig vor. Obwohl ich selbst ziemlich oft in den Gärten bin.«

»Wozu?«

»Zum Lesen.«

»Ohne Buch?«, fragte ich und blickte suchend an ihr herab.

»Dafür brauche ich kein Buch«, sagte sie.

Wir schwiegen eine Weile.

Schließlich betraten wir ein Café, wo Namiko sich einen Cappuccino bestellte, in den sie fünf Löffel Zucker kippte. Ich ließ mir einen Kaffee kommen und saugte ihn schwarz aus der Tasse, obwohl ich ihn sonst mit Milch trinke. Aber irgendwie wollte ich auf Namiko abgehärtet wirken. Männer sind manchmal so.

»Find ich schön, dass unter der Rinde einer Kiefer mehr steckt als nur Holz«, sagte ich und rollte beim Trinken die Zunge ein, um die Geschmacksknospen vor dem Schlimmsten zu verschonen.

»Manchmal führe ich Touristen aus Europa herum und versuche, die Sprache der Gärten zu übersetzen.«

»Zum Beispiel, indem Sie die wartende Geliebte enttarnen?«

»Ist das nicht ein unglaublich starkes Bild? So eine Kiefer steht da, Jahr für Jahr, unerschütterlich. Ich finde, das lässt eine Menge Vertrauen erkennen in denjenigen, den sie erwartet. Sie bleibt. Schlägt Wurzeln. Wartet, wartet, wartet. Wenn man übrigens die Schriftzeichen für ›Zeit‹

und ›warten‹ nebeneinander setzt, bilden sie zusammen das Wort ›Hoffnung‹. Ich denke, die Hoffnung auf die gemeinsame Zukunft schöpft die Wartende aus der gemeinsam erlebten Vergangenheit. Deshalb kann sie so lange ausharren. Sie weiß, dass er irgendwann kommen wird, bei all dem, was sie verbindet. Ein großartiger Vertrauensbeweis, finden Sie nicht?«

»Obwohl sie schon so lange ohne ihn ist, müssen die beiden sich weiterhin sehr nahe sein.«

»Ja«, flüsterte Namiko, und das war das erste Mal, dass ich sie flüstern hörte, »das müssen sie.« Gedankenverloren sah sie mich an. »Kiefern in japanischen Gärten symbolisieren auch Beständigkeit.«

»Beständigkeit?«

»Wegen der Farbe der Nadeln. Kiefern sind immergrün.«

»Das ist – wirklich schön.«

Namiko blickte mich schweigend an und fuhr sich nachdenklich mit dem Zeigefinger über den Nasenrücken. Dann holte sie einen Stift hervor und begann auf eine Serviette zu kritzeln. »Magst du dir morgen einen geheimnisvollen Garten ansehen?«, fragte sie schließlich und war damit unkompliziert zum Du übergegangen.

Ich nickte. Während sie mir den Treffpunkt erklärte, schrieb sie weiter auf der Serviette. Dann stand sie auf. »Ich muss los. Ich freu mich auf morgen. Hier«, sagte sie, drückte mir die Serviette in die Hand und ging. Auf dem Papier stand ein rätselhafter Text:

Der Zenmeister Sekkyo fragte seinen Mönch: »Kannst du die Leere fassen?« Der Mönch bildete mit seinen Händen ein leeres Gefäß. »Du hast ja gar nichts drin«, sagte Sekkyo unzufrieden. »Zeig mir einen besseren Weg«, forderte der Mönch

den Meister auf. Da packte Sekkyo die Nase des anderen und
zog kräftig daran. »Au«, rief der Mönch. »Du tust mir weh!«
»Das«, sagte Sekkyo, »ist der Weg, die Leere zu fassen.«

Ich verstand kein Wort.

3

Mit dem Taxi fuhr ich zurück ins Hotel. An der Rezeption
erkundigte ich mich, ob es möglich wäre, meinen Aufenthalt zu verlängern. Der freundlich lächelnde Mann
hinter dem Schalter tippte etwas in seinen Computer
und nickte. Also schickte ich ein Fax an die Redaktion in
Hamburg und bat darum, an meine Recherchen in Japan
noch drei Wochen Urlaub anhängen zu dürfen.

Dann setzte ich mich in die Lobby, blickte durch
die Glasfront nach draußen und dachte an Namikos
Geschenk. Was hatte der Text auf der Serviette zu bedeuten? Erwachsene Männer, die sich an der Nase ziehen!
Und was hat das mit dem Fassen der Leere zu tun? Was
sollte das überhaupt: die Leere fassen? Wie auch immer
ich den kurzen Dialog in meinen Gedanken hin und
her wendete, er ergab einfach keinen Sinn. Er sträubte
sich. Ich beschloss, mich später damit zu beschäftigen,
schließlich gingen mir gerade viel wichtigere Dinge
durch den Kopf.

Vielleicht war diese Frau verrückt. Jedenfalls las sie
gerne ohne Buch, kippte löffelweise Zucker in ihren
Cappuccino, philosophierte über Bäume und kritzelte

bizarre Texte auf Servietten – das war nicht eben das, was ich von einem typischen Großstadtmenschen erwartet hätte. Anständige Großstadtmenschen laufen zielstrebig wie Pfeile über Zebrastreifen, schauen niemandem in die Augen, denken einmal wöchentlich an Selbstmord und halten ihre Neurosen instand. In einem Baum sehen sie einen Baum und nicht eine wartende Geliebte.

Normalerweise.

Ich hatte Feuer gefangen. Nicht nur, was Namiko selbst betraf. Eine geheime Welt hatte ihr Eingangstor einen Spaltbreit geöffnet und mich kurz hineinspähen lassen. Eine Welt, die mitten in der normalen Welt zu existieren schien, am selben Ort und zur selben Zeit.

Ich hatte die Chance, diese versteckte Welt zu betreten. Und Namiko hatte den Schlüssel.

Etwas Magnetisches streckte sein Kraftfeld nach mir aus und zog meine Gedanken in eine neue Richtung. Und so, wie ich beim ersten Anblick von Namiko überzeugt war, wir hätten einander schon erwartet, schien auch das, was sich da hinter der Fassade des Alltäglichen versteckt hielt, schon immer für mich da gewesen zu sein. Für einen kurzen Moment glaubte ich, der Sessel unter mir habe sich in einen mit weichem Moos bewachsenen Fels verwandelt und ein leises, unbestimmtes Wispern streife mich.

Auf der Straße vor der Glasfront fuhr ein Sattelschlepper vorbei. Ein Mann im dunkelgrauen Anzug machte sich an einem jener Getränkeautomaten zu schaffen, die man in Japan an jeder Straßenecke findet. Ein Mädchen saß auf der Kante eines Blumenkübels und wiegte ein Baby im Arm. Der Feierabend war da, und man hätte meinen können, überall sei der Asphalt aufgeplatzt und die Menge krieche direkt daraus hervor. Schwärme abgespannter Menschen bewegten sich hinter der Scheibe wie stumme Fische in einem Aquarium. Ein Taxi hielt vor dem Hoteleingang und entließ zwei Frauen, die lachend in die Lobby traten und durch die geöffnete Tür den Tumult der Straße mitbrachten.

Die Außenwelt sickerte herein.

Während ich im Eingangsbereich des Hotels saß und durch die Glasfront nach draußen auf die keuchende Wirklichkeit Kyotos blickte, beschloss ich herauszufinden, was da im Verborgenen lag. Meine freien Tage sollten kein Urlaub in Japan werden. Eher eine Reise in jene rätselhafte Welt, deren Anwesenheit ich bereits spürte, noch bevor ich in sie eingetaucht war.

Etwas wartete auf mich.

4

Heute, wo der Überblick möglich ist, weiß ich, dass die Faszination, die Namiko von unserer ersten Begegnung an auf mich ausübte, auch mit einer früheren Liebe zu tun hatte, die gar keine war und die sich deshalb wenige Monate vor meiner Reise nach Japan in Nichts aufgelöst hatte.

Sie hieß Eva und ließ sich genauso leicht zu delikaten Fehltritten verleiten wie ihre apfelpflückende Vorgängerin. Als ich mich von ihr löste, hatte die Beziehung ihr Haltbarkeitsdatum eigentlich schon lange überschritten, und folglich war vieles faul; aber das Entscheidende war, dass ich Evas Litaneien über die Wichtigkeit von Freiräumen nicht mehr ertragen konnte. Wann immer sie wieder einmal eigene Wege beschritt, an denen sie mich nicht teilnehmen ließ, schmückte sie ihre Ansprachen mit Thesen wie denen, dass Abstand das Wichtigste sei in einer Beziehung, dass ein Liebespaar ohne die nötige Distanz nicht atmen und darum nicht überleben könne und dass jeder Mensch seine Geheimnisse brauche. Ihre Verteidigungsreden fluteten in mich hinein wie Wasser in eine Pfanne mit heißem Fett.

Vielleicht war ich wirklich langweilig. Ich hatte keine Geheimnisse. Wenn ich ohne sie weggehen wollte, wusste sie, warum, mit wem und wohin, ohne dass sie mich danach hätte fragen müssen. Wenn ich wiederkam, erzählte ich ihr, wie es gewesen war.

Wenn Eva alleine weg war, erzählte sie anschließend im Grunde nichts. Sie war dann sehr aufgekratzt, blickte gedankenverloren ins Nichts, und wenn ich sie fragte, wie es gewesen sei, wurde sie aggressiv. Mit Aggression schafft man Distanz, jedes in die Enge getriebene Tier weiß das.

Eva nutzte Aggressionen, um Fragen nicht beantworten, seltsame Situationen nicht klären und mich an ihrem Leben nicht teilhaben lassen zu müssen. Einmal lag ein Geschenkband mit roten Herzchen in ihrem Bett. Als ich sie danach fragte, wurde sie wütend und warf mir vor, ihr nicht zu vertrauen. In dem Moment dachte ich, es sei wohl tatsächlich an der Zeit, ihr nicht mehr zu vertrauen.

»Mir hat jemand was geschenkt«, sagte sie schließlich, als könne es für ein Geschenkband eine andere Erklärung geben.

»Und was?«

»Ein Parfum.«

»Und wer hat es dir geschenkt?«

»Kennst du nicht.«

Mit jeder einzelnen Antwort wuchs in mir der Verdacht, dass Eva etwas zu verbergen hatte. Ich stellte mir damals oft vor, ich wäre mit einer Frau zusammen, die solche Fragen ganz einfach beantwortet hätte, und dann würden wir uns lachend in den Armen liegen, weil ich etwas missverstanden hatte und die Wahrheit ganz banal aussah. Aber so war es nicht mit Eva. Evas Lieblingssatz war: »Ich muss mich ja nicht rechtfertigen.« Natürlich musste Eva sich nicht rechtfertigen. Die Frage ist ja auch eher, ob man sich rechtfertigen *möchte*.

Auch meine eigene Rolle in diesem merkwürdigen Spiel missfiel mir immer mehr. Wie um das Gleichgewicht zu halten, war auf meiner Seite der Wippe auch ich immer weiter nach außen gekrochen, was uns nicht nur noch mehr voneinander und vom Mittelpunkt der Balance entfernte, sondern auch meinen Wunsch der Teilhabe an Evas Leben in ein Bedürfnis nach Kontrolle verwandelte.

Ich erinnere mich, dass mich in den letzten Wochen der Sex mit ihr abgestoßen hatte. Ich fand ihre Küsse ekelerregend. Sie küsste so, wie man gegen das Schmelzen von Vanilleeis anleckt. Ich lag neben ihr und hoffte, dass sie mich nicht anfassen würde, dass sie keinen Sex in die Wege leiten würde, denn es war immer ein »in die Wege leiten«. Sex wuchs nicht, Sex wurde beschlossen und vollzogen.

Ich hatte das vor der Beziehung mit Eva nie erlebt, dass Sexualität sich auf das Zusammendübeln zweier mit Fleisch umhüllter Skelette reduzieren ließ. Eva fand das so in Ordnung. Ich fand das erbärmlich. Irgendwo auf dem Weg durch unsere Beziehung musste mir die rosarote Brille heruntergefallen sein. Ich sah einfach viel zu klar, was ich an Eva hatte: nichts.

Ich warf Eva aus meiner Wohnung, aus meinem Fotoalbum, aus meinem Herzen und aus meinem Leben, und es schmerzte nicht. Weh tat nur, dass es nicht wehtat, denn das war ein Zeichen dafür, dass ich Lebenszeit verschwendet hatte. Ich finde, man hat ein Recht darauf, dass ein Abschied wehtut. Denn die Fähigkeit, aus Liebe zu leiden, setzt die Fähigkeit zur Liebe voraus. Auch wenn sie sich im Schmerz viel stärker äußert als im Glück. Wenn eine Beziehung in die Brüche geht, dann hat man einfach einen Anspruch darauf, sich den ganzen Tag unter seiner Bettdecke verkriechen zu wollen und in Selbstmitleid zu versinken. Man sollte sich schlecht genug fühlen, um täglich einen Freund anzurufen und ihm wieder und wieder dasselbe vorzujammern. Und wenn er ein wirklich guter Freund ist, wird er mit dem Zuhören nicht aufhören, wenn *er* es nicht mehr hören kann, sondern wird warten, bis man *selbst* seine eigene Litanei nicht mehr erträgt. Dass eine Beziehung die Sache wert war, merken wir an dieser betäubenden Ich-Entleerung, nachdem in unserem Inneren noch jemand anders Platz gefunden hatte und diese besondere Art von Erfüllung mit einem Mal entfällt. Wenn wir das Tragische inszenieren wollen, neigen wir vielleicht dazu, diese Ich-Entleerung mit Alkohol wieder aufzufüllen. Aber was immer wir tun, Trauer sollte nach einer Trennung verdammt noch mal aufkommen.

Bei Eva war da nichts. Ich hatte nie die Gelegenheit gehabt, sie zu durchdringen, und ich war auch nicht durchdrungen von ihr. Sie bestand auf ihren Freiräumen, die sie zum Luftholen brauchte. Wahrscheinlich wollte sie sicher gehen, dass sie mich nicht einatmete.

Also schickte ich Eva in die Wüste. Dort hatte sie allen Platz der Welt zum Atmen.

5

»*Konbanwa*«, lächelte Namiko. »Das bedeutet ›Guten Abend‹.«

»*Konbanwa, Namiko-san*«, versuchte ich.

Namiko hockte auf dem Sims eines Springbrunnens und ließ zwei Kieselsteine in ihrer Hand kreisen. Sie trug ein schlichtes rotes Kleid, weiße Schuhe, einen kleinen braunen Rucksack über der Schulter und einen weißen Reif im Haar. Mit dem Bus war ich eine Weile unterwegs gewesen, denn der Treffpunkt lag am Stadtrand. Offenbar ein Wohngebiet, wie mir auf dem Weg von der Busstation zum Springbrunnen aufgefallen war.

Namiko sprang auf und warf die Steine ins Wasser. »Der Garten ist gleich hier«, sagte sie und marschierte los.

»Mitten im Wohngebiet gibt es einen öffentlichen Garten?«, fragte ich und folgte ihr.

»Wer sagt, dass er öffentlich ist?«

»Nicht?«

»Nein.«

»Wem gehört er?«

»Frag lieber, wie wir hineinkommen.«

»Wie kommen wir hinein?«

»Über diese Mauer hier!« Namiko war stehen geblieben und deutete auf eine weiße Mauer vor uns. Ein paar Bäume standen dahinter und reckten ihre Kronen über die Wand, als seien sie Schaulustige hinter einer Polizeiabsperrung.

»Namiko?«

»Ja?«

»Wir – ich meine, wir brechen nicht da ein, oder?«

»Nein, wir klettern einfach über diese kleine Mauer und schauen uns den Garten an«, sagte sie und zog sich hoch. Mit einem Rascheln verschwand sie.

»Komm«, hörte ich ihre leise Stimme von drüben.

Ich zog mich über die Mauer und ließ mich auf die andere Seite fallen. Plötzlich fühlte ich mich wie ein Entdecker, der Neuland betritt.

»Hier entlang«, flüsterte Namiko und trat durch ein paar Büsche.

Die Sonne stahl sich bereits davon und tauchte uns in ein diffuses goldenes Licht. Ich folgte Namiko zu einem kleinen Weg aus flachen Steinen, deren unregelmäßig geformte Kanten auf harmonische Weise ineinander griffen, ohne in eintönige Symmetrie zu verfallen. Wir schlichen weiter, bis wir auf einem größeren Stein standen, der eine Art Plattform bildete.

»Auf diesem Weg«, sagte Namiko leise, »hast du noch nicht viel von der Umgebung wahrnehmen können, stimmt's?«

»Das stimmt.«

»Es liegt an den Steinen«, fuhr sie fort und deutete auf den Weg, den wir gerade gekommen waren. »Sie sind mit Absicht so unregelmäßig geformt. Beim Gehen muss man immer nach unten schauen und sich konzentrieren, damit man nicht stolpert. So wird verhindert, dass jemand zu schnell durch den Garten hetzt.«

»Aber so sieht man natürlich nicht viel von der Umgebung.«

»Außer, man bleibt auf einem der größeren Steine stehen, so wie wir jetzt, und schaut sich um.«

Namiko raffte ihr rotes Kleid und ging in die Hocke. Mit der Hand deutete sie auf eine Stelle zwischen den Büschen. Von dort aus war eine säuberlich geharkte Spur aus weißem Sand ausgelegt, die sich neben unserem Weg entlangzog und sich weiter hinten verlor.

»Sand symbolisiert fast immer Wasser«, erklärte sie. »Und hier haben wir einen kleinen Bach, der da vorne aus der Erde sprudelt. Diese Stelle ist sozusagen der Quell des Lebens, und der Bach ist der Lauf des Lebens. Sehen wir nach, wo er hinfließt.«

Respektvoll schritten wir weiter über die steinernen Platten, und bei jedem Geräusch blickte ich mich um. Ich grübelte gerade darüber nach, wem dieser Garten wohl gehören könnte, als Namiko wieder stehen blieb und auf eine Kiefer deutete, die direkt neben dem Sandbach aus der Erde wuchs.

»Eine wartende Geliebte. Und dahinter eine Malve«, erklärte sie. »Auf Japanisch *aoi*. Das Wort kann man aber auch als ›Tag des Treffens‹ deuten. Wie du siehst, wächst von der Malve an Gras aus dem Boden, das den Sandstrom umwuchert. Gras steht für eine junge Liebe.«

»Warum sehe ich hier keine einzige Blume? Alles ist wundervoll gepflegt, aber es gibt kaum bunte Pflanzen. Wenn zwei sich endlich treffen und daraus eine neue Liebe erblüht, wäre es doch schön, blühende Blumen hierhin zu setzen.«

»In solchen Gärten geht es nicht so sehr darum, *woraus* sie gestaltet werden, sondern *wie*. Ein wichtiges Stilmittel der Zenkunst ist etwas, das man ›kostbare Einfachheit‹ nennt. Dazu gehört eine gewisse Schmucklosigkeit, ein Abwenden von äußeren Formen. Alt werden zum Beispiel ist so gesehen kein Sterben, sondern ein bewusster Verlust des äußeren Fleisches, um die Knochen sichtbar werden zu lassen, sozusagen den Kern der Dinge. Der Kern der Dinge wird von äußeren Hüllen umso mehr verdeckt, je farbiger und schmuckvoller sie uns den Blick ins innere Wesen versperren. Das ist vielleicht der Grund, warum sowohl die Gartenkunst als auch der Zenbuddhismus so sehr von Kargheit geprägt sind: Beide sind darauf aus, hinter die sichtbaren Fassaden des Lebens zu blicken und innere Wahrheit zu finden. Du kennst ja die großen, weißen Sandflächen in vielen japanischen Gärten.«

»Klar.«

»Man nennt das *yohaku no bi,* die Schönheit des besonders Weißen. Das gleiche Prinzip findest du in der japanischen Tuschemalerei, wo der Künstler sich auf wenige Pinselstriche beschränkt und der Rest des Bildes weiß bleibt. Manchmal ist das Weglassen wichtiger als das Hinzufügen«, erklärte Namiko und senkte beim letzten Satz ihre Stimme. Und ich glaube, an diesem Tag wurde mir bereits bewusst, dass Namiko gerne betonte, indem sie reduzierte.

Grüne Bambussträucher säumten den Weg des Sandes, und Namiko erklärte mir, dass Bambus zwar biegsam ist, dabei aber nicht zerbricht und deshalb Anpassungsfähigkeit oder das Leben an sich darstellt.

Und dann stand vor uns plötzlich ein Tor.

Es war aus Bambusstämmen zusammengesetzt und bestand aus einem einfachen Rahmen und einer kleinen Schwingtür, in die filigrane Muster hineingewebt waren. Das Besondere an dem Tor war, dass es rechts und links davon keinen Zaun oder sonst eine Barriere gab. Man hätte also einfach daran vorbeigehen können, und so schien das Tor zunächst keinerlei Zweck zu erfüllen.

»Das Tor ist eine Idee aus dem Teegarten«, erklärte Namiko auf meinen fragenden Blick hin. »Es dient nicht im eigentlichen Sinne als Hürde, sondern symbolisiert den Eintritt in ein tieferes Bewusstsein. Im Teegarten, wo die Teezeremonien vollzogen werden, ist der Besucher an dieser Stelle aufgefordert, seine weltlichen Sorgen abzustreifen und mit leerem Kopf weiterzugehen. Schau, der Sandfluss des Lebens geht hier weiter. Komm!«

Die Sonne war inzwischen mit einem letzten Aufblitzen am Horizont verschwunden, und hinter dem Tor erwartete uns ein kleiner, dichter Wald aus Kiefern, Ahornbäumen, Azaleen und Kamelien. Im schwächer werdenden Licht standen die Bäume dicht an dicht, als ob sie in ihren Reihen etwas zu verbergen hätten.

»Wald«, setzte Namiko bereits zur Erklärung an, als könnte sie meine Gedanken lesen, »heißt auf Japanisch *mori*. Aber es gibt noch ein anderes Schriftzeichen, das ebenfalls *mori* ausgesprochen wird. Es bedeutet Beschützer. Und ich bin sicher, dir wird gefallen, was dieser Wald beschützt!«

Abermals wurde der Weg von einer steinernen Plattform unterbrochen. Neugierig sah ich mich um, konnte auf den ersten Blick jedoch nichts Besonderes entdecken.

»Was gibt es von dieser Stelle aus zu sehen?«, fragte ich.

»Dort, gleich neben dem Sandfluss! Da steht eine Steinlaterne, und auf der anderen Uferseite liegt ein alter Stein.«

»Was bedeutet das?«

»Die Laterne ist ein sogenanntes *mitate mono*. Damit bezeichnet man eine alte Sache, die einen neuen Sinn bekommen hat. Manchmal werden zum Beispiel alte Mühlsteine als Trittsteine benutzt. Auch diese Vorstellung stammt eigentlich aus den Teegärten, in welche die Teemeister ausgediente Steinlaternen einarbeiteten, die nicht mehr zur Beleuchtung dienten, sondern als Dekoration. Das Wort *mitate* kann man auch als ›etwas neu sehen‹ interpretieren. Im Garten können die alten Dinge zu neuem Leben erwachen. Zum Beispiel eine Laterne, die nicht mehr leuchtet, aber weiter teilnimmt am Lauf des Lebens. Etwa wie eine Erinnerung: Das Erlebnis ist vorbei, aber die Erinnerung daran lebt trotzdem weiter. Je älter man wird, desto wichtiger werden Laternen.«

»Und der Stein?«

»Ergänzt den Gedanken an Erinnerungen und Vergangenes. Steine stehen für das Alter, und die Steinhändler graben sie manchmal vor dem Verkauf im Boden ein, damit die Steine Patina ansetzen. Patina ist sehr wichtig. Sie ist das Sichtbarwerden der Geschichte eines Gegenstandes. Dieser Stein hier brauchte für die Ablagerungen nicht extra eingegraben zu werden. Er hat tatsächlich eine lange Geschichte hinter sich, denn er ist ein abgebrochenes Teil des legendären Fujito-Steins, das durch eine Menge Hände, Säcke, Verstecke und Herzen wanderte, bis es schließlich hier in diesem kleinen, unbedeutenden Garten landete.«

Namiko stand wieder auf, berührte mich sanft am Arm und zog mich weiter. Der Weg aus Steinen schlängelte sich durch die Bäume, und es ging leicht abwärts. Im abnehmenden Licht mussten wir besonders langsam gehen, um nicht zu stolpern.

Und dann lag das Geheimnis des kleinen Wäldchens plötzlich vor uns.

Eine Lichtung schien die Bäume zur Seite geschoben zu haben, der Weg und der Sandfluss kamen mit einem Schwenk unter den Bäumen hervor und liefen direkt auf einen kleinen See zu, der etwas unterhalb von uns in der Mitte der Lichtung angelegt war. Während der Sandfluss direkt in den See hineinfloss, mündete unser Weg in eine kleine Brücke, die über das Wasser zu einer winzigen Insel führte. In der Mitte des Sees ruhte sie so sicher wie ein fest verankertes Schiff. Der Himmel hatte sich dunkelblau verfärbt, die ersten Sterne blitzten herab und spiegelten sich im Wasser.

»Die Seele«, flüsterte Namiko respektvoll und deutete auf das sanft schaukelnde Wasser. »Die Idee, einen Teich mit einer Insel anzulegen, kommt eigentlich aus dem Daoismus, einer Naturphilosophie des stillen Sichvertiefens in den Kern der Dinge. Man hatte im alten China die Vorstellung, dass man unsterblich sein und auf einer solchen Insel der Seligen wohnen werde. Das Schöne am Wasser ist übrigens seine absolute Glätte, wenn es windstill ist und man die Oberfläche aus der Luft betrachtet. Man nennt das *fukan-bi,* Schönheit aus der Vogelperspektive.«

»Der Sandfluss da drüben endet an einem sehr schönen Ort«, sagte ich.

»Und unser kleiner Spaziergang auch. Komm mit!«

Wir gingen auf das Wasser zu und setzten uns ans Ufer. Der Mond schimmerte vom Himmel, und ich ahnte zu diesem Zeitpunkt noch nicht, welche Rolle er bald in meinem Leben spielen würde. Das Wasser gab leise, gluckernde Geräusche von sich, als ob es sich ständig an sich selbst verschluckte, und einzelne Wellen versuchten, der Begrenztheit der kleinen Teichwelt zu entfliehen und an Land zu springen. Längliche, orange-weiße Schatten schwammen auf das Ufer zu, und die O-förmigen Mäuler japanischer Karpfen tauchten aus dem Wasser auf. Ihre Köpfe durchbrachen die Wasseroberfläche wie eine flüssige Fensterscheibe, und schwarze nasse Augen blickten von einem Kosmos in den anderen. Namiko legte ihren kleinen Rucksack neben sich ab und ließ ihre Hand vorsichtig durch die Wasseroberfläche hindurchgleiten, eine einladende Geste von der einen Welt an die andere, und die Fische schwammen auf ihre Finger zu und stupsten neugierig dagegen.

»Das Wort für japanische Gärten lautet *teien*«, sagte sie schließlich. »Es setzt sich aus zwei chinesischen Schriftzeichen zusammen, von denen das eine ›gebändigte Natur‹ bedeutet und das andere ›belassene Natur‹. Das scheint erst einmal ein Gegensatz zu sein, ist aber ein wesentliches Prinzip der japanischen Gärten. Darum findest du hier zum Beispiel so viele Bambuszäune: Ein Zaun ist natürlich etwas Geformtes, aber Bambus ist ein naturbelassener Stoff. Es geht um das Wechselspiel zwischen Belassen und Formen. Wie in einer Liebesbeziehung.«

Sie lächelte sanft und blickte mich an. »Da geht es auch darum, das Wesen des anderen zu erkennen und zu lieben und zu belassen – und doch auch darum, gemeinsam etwas Neues zu gestalten. Wenn man genau hinsieht, haben die Gärten einem also eine ganze Menge zu sagen. Siehst du die Weide dort drüben?«

»Was ist mit der?«

»Es ist nicht nur ein Baum, es ist auch eine Geschichte. Eine solche Weide stand einmal im Garten eines Samurai, hier in Kyoto. Ihrem Besitzer war sie nicht geheuer, also wollte er sie fällen lassen. Doch ein anderer Samurai rettete den Baum, indem er ihn kaufte und in seinen eigenen Garten umpflanzen ließ. Der Geist dieser Weide war ihm sehr dankbar, also verwandelte er sich in eine schöne Frau, die beiden heirateten und bekamen einen Jungen.

Leider stieß der Lehnsherr, dem das Grundstück gehörte, auf der Suche nach Holz für eine Tempelrestaurierung auf die Weide und beschloss, sie fällen zu lassen. Die Frau gestand ihrem Samurai daraufhin, dass sie der Geist des Baumes sei und sie nun würde sterben müssen; der entsetzte Samurai versuchte natürlich alles, um seinen Herrn davon abzubringen, die Weide zu fällen. Der aber ließ sich nicht beirren, also kehrte der Geist in den Baum zurück. Doch nachdem er gefällt worden war, waren dreihundert Männer nicht in der Lage, ihn auch nur einen Millimeter vom Fleck zu bewegen. Dreihundert Männer, verstehst du? Und weißt du, was dann geschah?«

Ich schüttelte den Kopf.

»Nun, der kleine Junge, der aus der Ehe des Samurai mit dem schönen Baumgeist hervorgegangen war, schritt auf den Baum zu, ergriff mit seiner kleinen, schwachen Hand sanft einen Zweig, und die Weide, die dreihundert Männer nicht stemmen konnten, ließ sich von dem zarten Jungen zum Tempel bringen.«

Ich blickte Namiko schweigend in die Augen und hoffte, dass sie an meinem Gesicht ablesen konnte, wie sehr mir ihre Geschichte gefallen hatte.

»Manchmal«, flüsterte Namiko, »kommt man mit den kleinen Gesten weiter als mit großen Gebärden.«

Sie zog ihre Hand aus dem Wasser, und die Fische, die sich die ganze Zeit an ihren Fingern gerieben hatten, schwammen langsam davon.

»Die Serviette«, sagte ich. »Da hast du auch eine Geschichte drauf geschrieben. Was bedeutet sie? Ich verstehe sie nicht.«

Noch während ich sprach, hörte ich aus dem Wäldchen hinter uns Schritte, die sich näherten. Namiko hatte sie offenbar auch gehört, denn sie sprang sofort auf und zog mich am Arm hoch.

»Weg hier«, hauchte sie, griff nach ihrem Rucksack und lief los.

Wir rannten über die Lichtung in das vom Mond spärlich erleuchtete Dunkel, während hinter uns die überraschte Stimme eines älteren Mannes irgendetwas auf

Japanisch rief. Wir hasteten weiter, erreichten ein paar dicht beieinander stehende Bäume und tauchten unter ihren Kronen hindurch. Äste peitschten mir ins Gesicht, wie um mich zu bestrafen, und plötzlich stellte sich uns eine Mauer in den Weg. Namiko zog sich daran hoch und war auf der anderen Seite verschwunden. Offenbar war sie deutlich besser auf überstürzte Fluchten vorbereitet als ich, denn mir bereitete es einige Mühe, mich am Mauersims hochzustemmen, und erst als ich rasche Schritte zwischen den Bäumen hinter mir vernahm, gelang es mir, mich über die Wand hinwegzuziehen.

Auf der anderen Seite stand Namiko am Straßenrand und bog sich vor Lachen.

»Wer war das?«, keuchte ich.

»Der Besitzer«, kicherte sie und lief weiter. An der nächsten Straßenecke blieben wir schwer atmend stehen.

»Das machst du nicht noch mal mit mir«, lachte ich und drohte mit dem Zeigefinger. »Wir sind da eingebrochen!«

»Ja, ich fand's auch nett«, gluckste Namiko. »Aber jetzt muss ich nach Hause. Wegen dieser Geschichte auf der Serviette – da könnte ich dir jemanden nennen, den du fragen kannst.« Sie kramte in ihrem Rucksack herum und brachte einen selbst gezeichneten Straßenplan zum Vorschein, den sie mir in die Hand drückte.

»Da wohnt ein etwas kauziger, aber ansonsten ganz netter älterer Herr, mit dem du dich über die Serviettengeschichte viel besser unterhalten kannst als mit mir.«

»Aber ich kann doch nicht einfach –«

»Riskier was!«, rief sie und lief davon.

6

Der Alte schwieg eine ganze Weile und starrte über eine kleine, runde Brille hinweg auf meine englische Übersetzung von Namikos Text. Nachdenklich zupfte er an den spärlichen grauen Barthaaren, die um seinen Mund herum wuchsen. Schließlich räusperte er sich.

»Ein Koan. Es ist ein verfluchtes Koan«, brummte er in fehlerfreiem Englisch mit starkem japanischem Akzent. Dann legte er den Zettel nahe des Tischrands ab, als sei er jener grätendurchzogene Teil einer gebratenen Forelle, in dem herumzustochern sich nicht weiter lohnt.

»Ein – was?«

»Damit das gleich klar ist: Erwarten Sie nicht, dass Sie es begreifen werden. Ich werde Ihnen sagen, was das ist, aber glauben Sie bloß nicht, dass Ihnen Erklärungen da viel weiterhelfen werden.«

»Bitte versuchen Sie's.«

»Versuchen, versuchen! Ich hab jahrelang versucht, Koans zu begreifen. Und was ist dabei rausgekommen? Ein unausstehlicher alter Mann, der zu viel Lebenszeit in unnütze Dinge gesteckt hat. Eine Frage: Wer hat Sie hergeschickt?«

»Sie heißt Namiko.«

Überrascht blickte der Alte mich an. »Namiko also. Woher kennen Sie sie?«

»Wir sind uns in einem Garten begegnet.«

»Das ist allerdings kein Kunststück. Namiko verbringt vermutlich mehr Zeit in irgendwelchen Gärten als die Gärtner selbst.«

»So ein Koan –«

»So ein Koan ist ein kleiner tückischer Text, der einem das Leben schwer machen will. Das Wort bedeutet eigentlich ›öffentlicher Aushang‹. Gemeint ist sozusagen ein öffentliches Dokument als höchstes Prinzip, das keine persönlichen Deutungen zulässt. Klar?«

»Klar«, sagte ich zögernd. Ich verstand kein Wort.

»Blödsinn! Nichts ist klar!«, rief er und schlug mit der flachen Hand auf den Tisch. Ich fühlte mich ertappt und wusste nicht, was ich erwidern sollte. Der Alte kratzte seinen dichten grauen Haarschopf und schien darüber nachzudenken, ob das Thema es wert sei, näher vertieft zu werden. »Ein Koan«, brummte er endlich, »ist ein Text aus dem Zenbuddhismus. Zenmeister quälen damit ihre Schüler. Mal ist es ein überlieferter Dialog zwischen Meister und Schüler, mal eine längere Geschichte und manchmal einfach nur eine kurze Frage.«

»Ein philosophisches Rätsel also!«

»Ein Rätsel ist es eben nicht. Und wissen Sie, warum?«

»Sie werden es mir sicher sagen.«

»Weil es keine Lösung gibt. ›Wie klingt das Klatschen einer einzelnen Hand?‹ ist so ein Koan. Wenn Sie bei so was mit Logik ankommen, sind Sie schon auf dem Holzweg.«

Seine Blicke irrten über die Tischplatte, mieden den Zettel mit dem Koan und fixierten dann seine Hand, die noch immer flach auf dem Tisch lag.

War es ihm vielleicht selber nie gelungen, die Koans zu begreifen? Warum hatte Namiko mich dann ausgerechnet zu ihm geschickt?

»Versuchen Sie nicht, ein Koan mit dem Verstand zu lösen! Das Koan will Ihnen ja gerade das zeigen: die Begrenztheit Ihres Verstandes. Ich schreibe Ihnen ein anderes Koan auf, das Ihnen vielleicht verstehen hilft, warum der Mönch den Schüler an der Nase zieht.«

Und dann zog der Alte den Zettel heran und schrieb ein weiteres Koan darauf:

»Wenn man ein Gänseküken in eine Flasche steckt«, fragte der große Philosoph Riko, »und es füttert, wie kann man später die erwachsene Gans herausbekommen, ohne sie zu töten und ohne die Flasche zu zerstören?« Der Zenmeister Nansen klatschte laut in die Hände und rief so laut »Riko!«, dass dieser vor Schreck zusammenzuckte. »Siehst du«, sagte Nansen, »nun ist die Gans raus!«

Na gut, dachte ich. Wie man eine leibhaftige Gans aus einer Flasche bekommt, ist eine Frage an den Verstand – und sie lässt sich nicht beantworten. Es gibt keine Lösung.

»Die Gans«, sagte der Alte, »steht für das Bewusstsein, die Flasche für den Körper. Und jetzt lösen Sie sich von der vordergründigen Geschichte einer Gans und einer Flasche. Sie ist nicht nur unlösbar, sondern auch unwichtig. Schauen Sie, was Riko und Nansen tun!«

»Nansen brüllt Riko seinen Namen ins Gesicht.«

»Und?«, schrie der Alte mich plötzlich aus Leibeskräften an, und ich wich zurück wie ein verschrecktes Tier. Ich war sprachlos, und eine Sekunde lang war mein Kopf vollkommen leer.

Die Sprachlosigkeit wich dem Begreifen. In dem Moment, in dem der Alte mich angebrüllt hatte, war es passiert. Die Gans war aus der Flasche.

»Der Meister brüllt Riko an«, versuchte ich mein Glück, »reißt ihn so aus dem Denken heraus und in die Gegenwart hinein. Riko vergisst seine Frage, sich selbst und was sein wird oder gewesen ist. Das Erschrecken lässt sein Bewusstsein schlagartig aus dem Körper heraustreten und das Jetzt spüren!«

Der Alte brummte zufrieden.

»Jetzt zurück zu diesem anderen Koan«, sagte er dann. »Der Meister zieht den Schüler schmerzvoll an der Nase und sagt: So fasst man die Leere! Auch hier geht es nicht ums Erraten, sondern ums Erfühlen. Es geht um den Schmerz, um plötzlichen, unerwarteten Schmerz. Der Verstand, das Denken wird betäubt, verstehen Sie? Es gibt in diesem Augenblick kein Bewusstsein mehr, kein Riechen, kein Hören, keine Farben, kein Analysieren. Im Moment des Schmerzes gibt es im Inneren nur eines: Leere.«

»Das ist wundervoll!«

»Das ist vor allem schwierig. Es geht um das Ausschalten des Denkens. Haben Sie schon einmal versucht, den ewigen Strom der Gedanken in Ihrem Kopf anzuhalten? Wie das Klatschen einer einzelnen Hand klingt, wird das Gehirn Ihnen nicht verraten. Erst wenn Ihr Gedankenstrom still steht, tritt klärende Stille ein – so still wie eine einzelne klatschende Hand. Es gibt keine Verstandeslösung beim Koan. Versuchen Sie nicht, die Leere rational zu fassen. Erfühlen Sie sie, wenn nötig mit Schmerz. Versuchen Sie nicht, eine Gans aus einer Flasche zu befreien, indem Sie Scharfsinn benutzen. Wenn Sie zu denken anfangen, sind Sie verloren, dann hat das Koan Sie besiegt. Die Kunst ist, das Koan in den Bauch zu verlagern. Es zeigt Ihnen, wie sehr Sie im Denken verhaftet sind und wie stark das Denken die Wahrnehmung einschränkt. Da kommt so ein paradoxes Koan daher, völlig unlösbar eigentlich, aber in Ihnen rattert die Denkmaschine los, beginnt mit dem Sezieren der Sätze, ungefragt und wie ein Automatismus, zerpflückt jeden Satz, dreht und wendet Wörter und versucht sich in Logik, aber nicht in Intuition, sucht nach dem Sinn, aber nie nach dem Sein.«

»Intuition? Sein?«

»Intuition ist etwas Großartiges. Wir benutzen sie nicht mehr so oft. Geben uns lieber nachdenkend. Erfassen Situationen zu oft mit dem Kopf und zu selten mit dem Bauch. Analysieren, statt einfach das Sein wahrzunehmen. Passen Sie auf.« Er schrieb:

Einmal blickte ein Mönch zur Sonne hinauf und fragte schließlich Dogo: »Ist Licht kein Licht mehr, wenn es sich verfinstert?« Dogo antwortete: »Heute ist ein guter Tag, den Weizen zu trocknen.«

Der Alte sah mich herausfordernd an, und ich blickte auf meinen Zettel und begann unruhig auf dem Stuhl hin und her zu rutschen. Schließlich schaute ich ihm ratlos ins Gesicht.

»Dogo will sagen: Denk nicht, halt die Gedanken an. Sei! Du bist da, der Weizen auch, und die Sonne – alles was du brauchst, ist im Hier.«

»Was beschweren Sie sich? Sie haben es doch begriffen.«

»Nein.« Der Alte schüttelte den Kopf. »Angelesen hab ich es mir. Ich hab begriffen, dass Koans den Verstand ausschalten wollen – doch ich habe mir diese Erkenntnis mit dem Verstand erschlossen. Aber man muss es leben, atmen, fühlen. Ich weiß, dass man die Welt mit dem Bauch fühlen sollte, aber ich kann es nicht *tun*. Dinge fühlen ist das Wichtigste. Erst dann findet man Intensität.«

7

In den folgenden Tagen traf ich mich regelmäßig mit Namiko. Sie nahm mich mit in wundervolle Restaurants voller geheimnisvoller Speisen, entführte mich in Winkel, in welche Touristen nur selten Einblick bekommen, und schlenderte mit mir durch die Gärten von Kyoto. Dort hockten wir oft auf einem Stein oder einer Stufe, blickten in die wuchernde Szenerie und versuchten, dem Garten seine Geheimnisse zu entlocken.

Im Ostteil der Stadt gibt es einen bewaldeten Hügel, dessen Bäume den Yoshida-Schrein vor den Touristen verstecken, einen wundervoll mystischen Ort des Shintoismus mit stummen Gebäuden und brüchigen Holzhäuschen. Wenn man den Hügel noch ein Stück weiter hinaufsteigt, gelangt man in einen kleinen, halbwilden und doch liebevoll angelegten Garten und zum *Café Moan*, einem dunklen Holzhaus, in dem Namiko und ich manchmal saßen und die Sicht auf Kyoto genossen.

»Wenn dieses Café nicht schon um sechs schließen würde«, sagte Namiko, »könnten wir hier warten, bis es dunkel wird, und etwas genießen, das man auf Japanisch *yakei* nennt.«

»Wie nennt man es auf Deutsch?«

»Es gibt kein Wort dafür in deiner Sprache. Das kommt vor. Wo man in anderen Sprachen eine halbe Geschichte erzählen muss, genügt uns manchmal ein einziges Wort, und die Geschichte dahinter erschließt sich von alleine. *Yakei* ist, wenn man aus der Entfernung die Lichter einer Stadt bei Dunkelheit sieht.«

Namiko nahm einen Schluck grünen Tee. »Über solche einzelnen Wörter, die eine Kette von Assoziationen nach sich ziehen, wurden schon ganze Bücher geschrieben. Zum Beispiel über das Wort *iki,* das im Wörterbuch einfach mit ›chic‹ übersetzt ist. Aber es bedeutet eigentlich viel mehr, wenn man einen Kimono *iki* nennt. Es schwingen Gedanken an die alte Samuraizeit mit, an eine gewisse souveräne Gleichgültigkeit, an Raffinesse und unaufdringliche Erotik und Koketterie. Einer unserer Ästhetiker erkannte in *iki* den Atem des Frisch-Lebendigen, wie man ihn bei einer Frau verspürt, die eben dem Bad entstiegen und geradewegs in einen Kimono geschlüpft ist. Das liegt vielleicht auch daran, dass das Wort für Atem ebenfalls *iki* ausgesprochen wird.«

»Das ist schön.«

»Wir haben viele Wörter, die eigentlich sehr komplexe Stimmungen oder Zustände beschreiben. Zum Beispiel für die Lücken zwischen den Wolken oder für die Situation, dass man vom Schlafplatz aus die Wellen des Meeres hören kann.«

»Ich würde sehr gerne mal für ein paar Tage ans Meer fahren«, sagte ich spontan, und Namiko erzählte von einer kleinen Insel namens Ishigaki, die sehr weit südlich vom japanischen Festland liegt und zu den Okinawa-Inseln gehört. Sie sprach von glühenden Temperaturen, Mangrovenbäumen, Palmen und weißen Stränden. Und sie sprach von Tropen.

»Tropen?«, fragte ich und sah mich mit Namiko barfuß und mit hochgekrempelten Hosenbeinen zwischen Palmen über den Sand auf das blaue Meer zuwandern, während uns die Wellen entgegenzulaufen versuchten und Möwen kreischend über unsere Köpfe zogen.

Wenn man verliebt ist, gibt es vielleicht in jeder Sprache Wörter, die plötzlich ganze Geschichten enthalten.

»Lass uns da hinfliegen«, schlug ich vor.

8

Namiko nahm mich beim Wort und besorgte zwei Flug-
tickets nach Ishigaki. Die Maschine startete zwei Tage
später morgens um elf vom Flughafen in Osaka, und
Namikos Vater hatte sich angeboten, uns am Bahnhof
von Kyoto abzuholen und mit dem Auto ins benachbarte
Osaka zu bringen.

»Guten Morgen«, sagte Namiko, die vor dem Bahnhof
auf einem großen Rucksack saß und Kirschen aß. »Ein
schöner Tag für Überraschungen«, meinte sie und zeigte
in den blauen Himmel hinauf.

Ich dachte natürlich, dass sie sich auf die Insel bezog,
zu der wir unterwegs waren, aber ich sollte mich irren.
Dass ich, noch bevor wir überhaupt am Flughafen in
Osaka ankamen, bereits zwei Überraschungen erleben
würde, konnte ich ja nicht ahnen. Also fragte ich nicht
weiter nach, ließ meine Tasche zu Boden gleiten, ging
in die Hocke und nahm von den Kirschen, die Namiko
mir hinhielt. Namiko hatte sich neben ein Blumenbeet
gesetzt, ließ die Kirschkerne diskret vom Mund in die
Hand fallen und drückte sie dann mit dem Finger gewis-
senhaft in den Schoß der Erde, um der Schöpfung die
Gelegenheit zu geben, aus einem so kleinen Kern einen
großen Baum herauszuholen.

»Da kommt er. Es geht los«, rief sie plötzlich, stieß
mir kumpelhaft ihren Ellbogen in die Seite, packte die
restlichen Kirschen in eine Seitentasche ihres Ruck-
sacks und sprang auf. Ein alter Toyota war auf den
Bahnhofsvorplatz eingebogen und hielt direkt vor uns.
Ich achtete nicht weiter auf das Auto, sondern griff
umständlich nach meiner Tasche, um die Schüchtern-

heit zu verbergen, jetzt, wo ich Namikos Vater begegnen würde. Man konnte ja nie wissen, was ein Vater durchmachte, dessen Tochter mit einem fremden Mann für ein paar Tage auf eine tropische Insel fliegen und dort mit ihm vermutlich ein Appartement teilen würde. Es würde außerdem nicht einfach werden, einen guten Eindruck auf ihn zu machen, ohne ein Wort Japanisch zu können, dachte ich. Als ich mich wieder aufrichtete, war ihr Vater bereits ausgestiegen, und Namiko redete ausgelassen in ihrer Muttersprache mit ihm, während er den Kofferraum öffnete und seine Tochter schwungvoll ihren Rucksack hineinwarf. Mir hingegen verschlug es die Sprache.

Denn diesem Mann war ich schon einmal begegnet.

»Guten Morgen«, sagte er, blickte mich über den Rand seiner runden Brille an und zeigte lächelnd erst auf meine Tasche und dann auf den offenen Kofferraum. Ich ging auf ihn zu, und Namiko schwebte an mir vorbei und verschwand auf dem Rücksitz des Wagens.

»Schön, Sie wiederzusehen. Werfen Sie Ihre Tasche einfach rein. Wie geht es Ihnen? Bitte, setzen Sie sich doch nach hinten neben meine Tochter.«

Er schloss die hintere Klappe, während ich neben Namiko im Auto Platz nahm, aber ich kam nicht mehr dazu, ihr eine kleine Predigt zu halten, denn ihr Vater sprang bereits auf den Fahrersitz.

»Haben Sie schon Fortschritte gemacht mit diesen Koans?«, fragte er interessiert, warf den Motor an und blickte in den Rückspiegel.

»Ich arbeite noch daran«, grinste ich. »Manchmal geht einem erst sehr spät ein Licht auf, wissen Sie.«

Namiko schmunzelte und sagte etwas auf Japanisch, woraufhin ihr Vater in schallendes Gelächter ausbrach.

»Machen Sie sich nichts daraus«, wandte er sich an mich. »Mich hat sie auch gefoppt. Ich dachte damals, Sie wüssten, dass ich ihr Vater bin.«

»Tut mir leid«, sagte Namiko. »Ich dachte, ihr beiden würdet es schon herausfinden, wenn ihr euch trefft und über Koans plaudert.«

Der Wagen fuhr los, und ich verspürte Erleichterung. Immerhin hatte die ganze Sache den Vorteil, dass ihr Vater und ich uns beim ersten Mal ohne Scheu hatten annähern können. Und ich saß nun nicht einem Fremden gegenüber.

»Sie wollen einen Artikel über unsere schönen Gärten und ihre Pflanzen schreiben, nicht wahr?«, fragte er schließlich und fädelte den Toyota durch die Mautstelle der Autobahn.

»Seit ich Namiko kenne, überlege ich, ob ich nicht lieber ein ganzes Buch darüber schreiben soll«, antwortete ich, zwinkerte ihr zu und ergänzte flüsternd auf Deutsch: »Vielleicht schreib ich auch einfach eins über das seltsamste aller Gewächse, über dich.«

»Wenn Sie aus Ishigaki zurück sind, müssen wir uns unbedingt mal in einem Garten treffen, der unserer Familie gehört und den unsere Vorfahren schon seit Generationen pflegen. Sein Name ist ›Garten der Mondseufzer‹. Und in wenigen Tagen findet dort eine kleine, magische Veranstaltung mit ein paar Gästen statt. Vielleicht mögen Sie ja auch kommen.«

»Ja, das würde mich sehr interessieren.«

»Er wird Ihnen sicher gefallen. Dort gibt es einen Pfad, der wie ein Lebensweg gestaltet ist, man muss durch ein Wäldchen gehen und gelangt dann an einen charmanten kleinen See mit einer Insel darin.«

Mein überraschter Blick glitt zu Namiko hinüber, die

mit der unangreifbaren Unschuld eines Engels aus dem Fenster blickte und kurz mit der Nase schniefte.

»Wirklich, ein schöner Tag für Überraschungen«, schmunzelte ich.

9

»Wieso sind wir in euren eigenen Garten eingebrochen?«, fragte ich Namiko, als wir im Flugzeug saßen.

»Hat es dir nicht gefallen?«, erwiderte sie und hielt mir, wie zur Wiedergutmachung, die Tüte mit den restlichen Kirschen hin.

»Doch, sehr. Aber warum hast du nicht einfach gesagt, dass es euer Garten ist?«

»So war es doch viel spannender, oder? Wenn man nicht so genau weiß, in wessen Welt man gerade eindringt, wer die Regeln bestimmt, was die Regeln sind und wer hinter dem nächsten Baum hervorspringt«, lachte sie. »So waren deiner Fantasie keine Grenzen gesetzt. Philosophieren kann man doch am leichtesten da, wo das Unwissen einem den Raum dafür lässt. Alle reden immer davon, dass Wissen den Menschen weitergebracht hat –«

Namiko machte eine nachdenkliche Pause und fuhr sich mit dem Finger über den Nasenrücken.

»Aber vielleicht«, meinte sie dann, »war es in Wirklichkeit das Unwissen.«

»Auf jeden Fall ist es ein sehr starker Antrieb.«

»Erinnerst du dich an den Garten des Silbernen Pavillons, in dem wir uns zum ersten Mal gesehen haben?

Dort sind zwei merkwürdige Sandformen aufgehäuft: eine ebene geharkte Fläche und ein glatter Kegel ohne Spitze. Wir können nicht mit Gewissheit sagen, wann diese Formen entstanden, und wir wissen auch nicht, was sie bedeuten. Vielleicht wurde hier auch während der Bauzeit der Tempelanlage einfach ein Sandvorrat aufgehäuft, der mit der Zeit in eine Form gebracht wurde. So entstand zum Beispiel der Sandkegel im Daisen-In, einer Gartenanlage im Norden von Kyoto. Weißt du, wie die Formen im Garten des Silbernen Pavillons heißen?«

»Nein, wie?«

»›Silbersandsee‹ und ›Plattform gegenüber dem Mond‹.«

»Romantisch. Aber warum heißen sie so?«

»Keine Ahnung. Dass es darauf keine Antwort gibt, ist doch eigentlich schön. Da kann man seiner eigenen Intuition folgen. Hier geht es um das Abenteuer des Nichtwissens.«

»Sag mal – diese Insel, zu der wir gerade unterwegs sind, gehört nicht zufällig auch deiner Familie?«

»Ganz Ishigaki? Nein, keine Sorge. Aber wenn ich ehrlich sein soll, lauert auch dort eine kleine Überraschung auf dich.«

»Was ist es?«

»Es wird dir gefallen.«

»Danach habe ich nicht gefragt«, sagte ich im strengen Verhörton eines Kommissars.

»Ich sage manchmal auch Dinge, nach denen man mich nicht fragt.« Namiko lachte. »Vertrau mir einfach. Dem Ahnungslosen werden im richtigen Moment die Augen geöffnet. Du hast es nicht bereut, dem Ruf des Unwissens gefolgt zu sein, oder?«

10

Namiko mochte Geheimnisse. Und ich mochte Namiko, weil sie Geheimnisse mochte. Dabei beinhaltete ein Geheimnis nicht etwas, was sie vor mir verbarg, so wie Eva es immer getan hatte. Für Namiko war ein Geheimnis etwas ganz anderes. Ein Geheimnis war etwas, in das man den anderen auf eine Art und Weise einbezieht, die ihm zunächst den Blick versperrt, ihn dann aber umso intensiver eintauchen lässt in das, was das Geheimnis ist. Wie ein Koan, das sich langsam erschließt; oder der Einbruch in einen Garten, der gar kein Einbruch ist.

Es war einer jener Tage, die wir »ausdrückliche Tage« nannten. Namiko stand nach dem Frühstück plötzlich hinter mir und legte ihre Hände auf meine Augen.

»Wie gefällt dir das?«, fragte sie und kicherte.

»Bisher sehr gut«, sagte ich.

»Schön. Dann macht es dir sicher nichts aus, diesen Zustand noch eine Weile hinzunehmen«, lachte Namiko, löste ihre Hände von meinem Gesicht und legte einen Schal über meine Augen.

»Und jetzt«, hörte ich sie sagen, »fahren wir!«

Sie hatte uns offensichtlich heimlich einen Leihwagen besorgt. Während der Fahrt sah ich nichts. Aber ich hörte, roch und fühlte. Unser Ziel ertastete ich schließlich als das Meer, jenen Teil, in der die Welt von fest in flüssig übergeht, der Untergrund von hart in weich, die Geräusche von laut in leise und der Geschmack der Luft von sauer in salzig.

»Was hast du vor?«, fragte ich und hielt mich an ihrer Schulter fest, während wir durch den Sand gingen.

»Abwarten«, sagte sie.

Unter meinen Füßen verwandelte sich der Untergrund schließlich von Sand in Fels, und ich stolperte ein paar Mal, bevor wir stehen blieben und Namiko die Binde von meinen Augen nahm.

Vor mir schlug die Brandung gegen den Felsen, und Abertausende von Wassertropfen sprühten in die Luft und segelten dann zu Boden. Der Fels war nass und glänzte in der Sonne, und die Gischt des Meeres schmolz in der Hitze binnen Sekunden dahin, bevor die nächste Welle über den Felsen schoss und schäumenden Nachschub brachte.

Mitten in der Brandung aber stand ein Leuchtturm, schimmernd weiß und dem am Land naschenden Meer trotzend. Unvermittelt vor einem Leuchtturm zu stehen, ist etwas ganz anderes, als ihn langsam heranwachsen zu sehen, während man auf ihn zugeht. Ich dachte an die Trittsteine im Garten, die so unregelmäßig angeordnet waren, dass man beim Gehen den Blick auf den Boden richten musste. Wenn man auf einem größeren Stein stehen blieb und den Blick hob, wurde man so urplötzlich von der Szenerie überrumpelt, als hätte man auf dem Weg dorthin eine Augenbinde getragen.

»Komm«, sagte Namiko, zog einen Schlüssel aus der Tasche und steuerte den Leuchtturm an.

»Wo hast du den Schlüssel her?«, fragte ich misstrauisch, in Erinnerung an unsere überstürzte Flucht aus dem Garten in Kyoto.

»Kann man sich von der Stadtverwaltung ausleihen«, verriet sie, während sie bereits die Tür öffnete und in den Leuchtturm trat. »Natürlich nur, wenn man ihnen eine schrecklich sentimentale Geschichte auftischt von einem heiß geliebten, mittlerweile leider verstorbenen Onkel, der einmal Leuchtturmwärter war.«

Stufe um Stufe stiegen wir nach oben. Die metallische Treppe quietschte unter unseren Füßen, als ob sie sich darüber beklagen wollte, dass nach so langer Zeit plötzlich wieder jemand über sie hinwegtrampelte.

Oben angekommen öffnete Namiko eine Tür, und wir traten hinaus ins Freie.

Wir standen auf einer Art Veranda, die um die Spitze des Leuchtturms lief und uns einen Blick weit auf das Meer hinaus bot. Namiko lehnte sich an die Brüstung, und ich stellte mich hinter sie, legte meine Arme um ihren Körper und blickte in die Ferne. Sie lehnte ihren Kopf an meine Schulter, ihre Hände glitten in meine und ihre Haare flatterten im Wind, als suchten sie tastend nach irgendetwas. Wie die Arme eines Mannes mit einer Augenbinde.

»*Fukan-bi*«, rief Namiko und zeigte auf die Meeresoberfläche hinunter. Schönheit, die sich aus der Vogelperspektive offenbart.

In die Brüstung vor uns war ein Zeichen eingearbeitet, das sich deutlich vom Geländer abhob:

»Was ist das?«, fragte ich.

»Ein chinesisches Schriftzeichen«, antwortete Namiko. »Es bedeutet ›Feuer‹.«

»Feuer?«

»Damit wurden die ersten Leuchttürme betrieben.«

Vermutlich waren es Frauen gewesen. Niemand weiß, wann sie zum ersten Mal nachts am Strand standen, auf das Wasser hinausblickten und beteten, dass das gefräßige Meer ihre Männer irgendwo da draußen noch nicht verschluckt hatte. Frauen, die auf ihre Männer warteten oder auf ihre Söhne. Irgendwann waren sie auf die Idee gekommen, auf einer Klippe oder einem Hügel ein Feuer zu entfachen, dessen Schein die Heimkehrer sicher in die Bucht leiten sollte. Sie stapelten Scheit auf Scheit und schützten die Flammen vor dem Wind. Dann starrten sie mit wehenden Haaren auf die See hinaus, so wie jetzt Namiko und ich, erfüllt von der Hoffnung, in der Finsternis endlich die ersehnten Schiffe zu erkennen. Schließlich graute der Morgen, die Feuer erloschen, und die Schiffe waren nicht heimgekehrt, aber in der nächsten Nacht brannte wieder ein Feuer, und in der darauffolgenden wieder, entzündet von wartenden Geliebten, ein einzelnes verlorenes Licht an der dunklen Küste, das seinen Schein in die Finsternis hineinflüsterte. Vielleicht wurde in einer solchen Nacht das Wort »Hoffnungsschimmer« geboren.

Viele hundert Jahre später standen Namiko und ich an diesem Ort und blickten auf die See hinaus, und ein einziges Zeichen hatte mich an das erinnert, was einmal war, als es noch keine computergesteuerten Leuchttürme gab, keine staatliche Seerettung, kein Satellitennavigationssystem und keinen lebensrettenden Funkverkehr. Damals, als die Natur den Menschen noch mit jeder kleinen Welle, mit jedem leisen Windstoß und mit jedem Regenschauer in der Gewalt hatte. Als der Mensch von den Kräften der Schöpfung hilflos in der Welt herumgeschleudert wurde, von Sandstürmen verschüttet, von Tornados verschleppt und von den Wellen des Meeres hin und her geworfen, zwischen sich selbst und dem zehntausend Meter tiefen Ozean nur ein paar lächerliche Holzbretter, die bereits knarrend an ihrer eigenen Beständigkeit zweifelten. Während die Frauen ins verschwiegene Nichts des Horizonts starrten und mit jedem noch so kleinen Strohhalm ihren Hoffnungsschimmer nährten, krochen da draußen bärtige, halbnackte Männer über die Planken, schrien sich Befehle zu, banden aufgerissene Unterschenkel ab, zerrten an Tauen und Segeln, schluckten Meerwasser und dachten an ihre Frauen, die an der Küste standen und die sie womöglich nicht mehr wiedersehen würden. Mancher setzte vielleicht, wenn er denn schreiben konnte, ein paar Worte auf ein Pergament und packte es in eine Flasche, die niemals jemand finden würde, wenn das Schiff untergänge. Und auch von den Männern würde keiner überleben. Denn damals lernten die Seeleute nicht schwimmen, weil das ihre Qual nur sinnlos verlängert hätte. Sie taten all das für sich und für ihre Zeit, aber sie taten es auch für uns.

»Das Schriftzeichen für Feuer«, unterbrach Namiko meine Zeitreise, »findet sich auch heute noch im japanischen Wort für Leuchtturm wieder. Und es stellt ein Lagerfeuer dar. Siehst du?«

Und tatsächlich erkannte ich in dem Schriftzeichen ein Feuer, aus dem rechts und links Flammen hervorstießen.

II

Wir stiegen vom Leuchtturm wieder hinunter, wateten mit nackten Füßen durch den Sand und näherten uns dem Meer. Das Wasser leckte am Strand, Menschen führten ihren Hund aus oder gingen an der verschwommenen Scheide zwischen Festland und Ozean entlang, als könnten sie sich zwischen den beiden Welten nicht entscheiden.

Schließlich ließen wir uns zu Boden gleiten und blickten zum ewig unerreichbaren Horizont.

»Die chinesischen Schriftzeichen sind eine schöne Sache«, nahm Namiko den Faden wieder auf, »zum Beispiel das hier.« Mit flinken Bewegungen malte sie ein paar Striche in den Sand:

私

»Das Zeichen bedeutet ›ich‹«, sagte sie. »Das Interessante daran ist, dass es aus dem Zeichen für Reispflanze und einer angedeuteten Nase besteht.«

»Warum das?«

»Das Zeichen bedeutet neben ›ich‹ auch ›privat‹ oder ›mein‹. Früher gaben die Reisbauern die Ernte an ihren Herrn ab, bis auf das, was sie für sich selbst benötigten. Wenn Asiaten ›ich‹ sagen, zeigen sie mit dem Finger nicht auf die Brust, sondern auf ihre Nasenspitze. Das Zeichen symbolisiert sozusagen mein Eigentum.«

»Verstehe. Erstaunlich, dass hinter einem Zeichen, das heute benutzt wird, eine so alte Geschichte steckt.«

»Das kommt oft vor. Das chinesische Zeichen für ›Name‹ besteht aus dem Symbol für ›Abend‹, eine stilisierte Mondsichel,

夕

und dem für ›Mund‹

und sieht dann vollständig so aus:

Dahinter steckt die Geschichte, dass man früher, als die Zeiten noch gefährlicher waren, abends schlecht erkennen konnte, wer einem entgegenkam, weshalb die Leute sich auf der Straße ihre Namen zuriefen – darum das Zeichen für Mund. Dieses Symbol kommt übrigens ziemlich häufig in den chinesischen Zeichen vor, denn damals drehte sich noch nicht alles um Konsum und Unterhaltung, sondern das Elementarste: Wie werde ich satt? Hier:

Das Schriftzeichen für ›Reichtum‹ zeigt dir, was man ursprünglich unter Reichtum verstand und, wenn man sich und das Leben mag, auch heute noch darunter verstehen könnte. Es beinhaltet ein ›Dach‹

mit einem Strich darin,

was ein volles Haus symbolisiert. Darunter hast du auch schon wieder den ›Mund‹ und dann noch das Zeichen für ›Feld‹:

Reichtum ist ein volles Haus, in dem alle zu essen haben, und ein eigenes Feld.«

»Eben die einfachen Dinge.«

»Heute könnten wir uns durchaus wieder darauf besinnen, diese Grundelemente zu genießen und als Lebensqualität wahrzunehmen«, sagte Namiko und malte ein weiteres Zeichen in den Sand:

»Wieder kommt der Mund vor. Links daneben steht das Symbol für ›Reispflanze‹. Reispflanze plus Mund in einem Zeichen vereint bedeutet ›Harmonie‹ oder ›Frieden‹.«

»Harmonie ist, wenn alle genug zu essen haben.«

»Ob das Wissen, dass die grundlegenden Dinge stimmen, heute ausreicht, um eine Beziehung zusammenzuschweißen?«, grübelte Namiko und fuhr sich mit dem Finger über den Nasenrücken.

»Heute definiert man halt andere Dinge als wichtig. Zum Beispiel, dass jeder seinen Freiraum hat und sich vom anderen nicht einschränken lässt«, sagte ich sarkastisch und dachte an Eva in der Wüste.

»Freiraum tut ja auch mal gut«, erwiderte Namiko. »Man muss nur die Grenzen kennen und sich vertrauen können. Schau:

信

Das Zeichen für ›Vertrauen‹ besteht aus einem Mund mit vier Strichen darüber, die ›Satz‹ bedeuten. Mund plus Satz ergibt ›sagen‹. Links daneben steht ein Mensch: Was ein Mensch sagt, dem kann man vertrauen.«

»Die Zeichen müssen wirklich schon sehr alt sein«, lächelte ich, und Namiko ritzte bereits wieder Striche in den Boden:

»Was ist das?«

»Es bedeutet ›kaufen‹«, sagte Namiko. Auch hier kannst du noch die Zeichen der Vergangenheit erkennen: ein Fischernetz über einer Muschel. Es erinnert uns daran, dass einst die Fischerei den Handel auf der japanischen Insel bestimmte.«

»Aber eigentlich wurden die Zeichen in China erfunden.«

»Stimmt. Da haben wir sie geklaut. Aber sie sind längst ein wichtiges Element in unserem Denken geworden, und wir beziehen sie auch auf die japanische Vergangenheit. Schließlich haben wir sie schon ungefähr seit dem vierten Jahrhundert. Willst du noch so ein Symbol kennenlernen, das Vergangenes konserviert?«

»Ich bin ganz Ohr.«

»Das hier ist das Schriftzeichen für ›Bahnhof‹. Man kann es sogar am Zeichen selbst erkennen.« Namiko nahm ihren Stock wieder auf und scharrte ein weiteres Zeichen auf den Boden:

駅

»Hm«, sagte ich. »Sieht nicht gerade wie ein Bahnhof aus.«

»Denk an die alten Zeiten!«, forderte Namiko mich auf. »Als es noch keine Eisenbahnen gab.«

»Pferdekutschen?«

»Pferdekutschen! Schau dir den linken Teil des Zeichens an:«

馬

»Das ist ein Pferd?«

»Sieh nur hin. Natürlich ist es inzwischen stilisiert worden. Aber du erkennst noch die lange Mähne, den Schweif und vier Beine. Wenn dieses Zeichen alleine steht, bedeutet es in der Tat ›Pferd‹.«

»Wie ein Piktogramm!«, rief ich.

»Ja, die ersten Zeichen, die damals in China erfunden wurden, waren tatsächlich sozusagen Piktogramme, die einfach das zeigten, was es zu sehen gab. Wie zum Beispiel das Feld oder die Reispflanze. Solche bildlichen Schriftzeichen haben wir auch heute noch eine ganze Reihe. Aber davon später mehr«, lachte Namiko und schubste mich in den Sand.

»Heute möchte ich dir nämlich noch etwas anderes zeigen«, meinte sie dann, erhob sich und lief los. Ich klopfte mir den Sand aus der Kleidung und folgte ihr, bis der Strand an gewaltigen Felswänden endete. Namiko begann bereits, den Fels zu erklimmen. Weiter oben erblickte ich ein dunkles Loch in der Wand. Flink wie eine Gämse kletterte Namiko auf die Höhle zu, postierte sich am Eingang, schlug ihre Hände zusammen, tippte wartend mit dem Fuß auf den Boden und blickte mich herausfordernd an.

Neugierig zog ich mich hoch.

12

Je tiefer wir in den Höhlengang eindrangen, desto dunkler wurde es, aber Namiko setzte sicher einen Fuß vor den anderen. Nach der ersten Biegung verschwand das Licht ganz, und als meine Augen plötzlich nichts mehr wahrnahmen, drang das Raunen der Umgebung umso klarer an mein Ohr. Ich hörte Namikos langsame Schritte direkt vor mir. Unter unseren Schuhen knirschte gelockertes Gestein, und jedes Knacken, Schleifen, Stolpern und Räuspern hallte durch die Dunkelheit. Wenn ich der steinigen Wand zu nahe kam, rieb meine Schulter daran entlang, und das hässliche Schleifgeräusch meiner Jacke ließ mich jedes Mal schnell die Richtung korrigieren.

»Weißt du auch, was du tust?« Meine Stimme hallte unnatürlich laut von den Wänden wider, schoss wie ein akustisches Irrlicht hin und her und verlor sich dann.

»Vertrau mir«, flüsterte Namiko nur, und im gleichen Moment stieß ich gegen sie und fühlte ihren Rücken an meiner Brust und ihre Haare an meiner Wange.

»Ups«, flüsterte ich und lachte verlegen, doch sie war schon weitergegangen. Als meine Ohren sich langsam an unsere Schritte gewöhnt hatten, traten andere Geräusche hervor. Namikos Kleidung raschelte leise, und ihr Atem war so gleichmäßig, als lausche sie auf ein inneres Metronom. Ein unbestimmtes Schwirren lag in der Luft, als würden Moleküle aneinander reiben oder Wind an den Felswänden entlangstreichen – eines jener Geräusche, bei denen man nie ganz sicher sein kann, ob man sie sich einbildet oder ob sie wirklich da sind. Wie wenn jemand Butter auf ein Brot streicht oder wenn der Schnee im Vorgarten schmilzt oder wenn man gekochten Reis zu kleinen Bällchen zusammendrückt. Lautlose Geräusche. Wie das Klatschen einer einzelnen Hand.

Mein Herz trommelte, durch meine Adern rauschte das Blut so laut wie ein Bach, und tiefer im Inneren hörte ich meinen Lebensfunken knistern. In meinen Nervenbahnen zischten elektrische Impulse. Wenn ich meine Augenlider auf und nieder schlug, klang es wie der Verschluss einer Kamera.

Ich hörte mich *sein*.

Es roch nach Feuchtigkeit, und wenn ich mit der Hand über die Wand fuhr, fühlte ich kühle Tropfen auf meiner Haut. Ab und zu trat ich in kleine, flache Pfützen. Meine einzige Orientierung waren Namikos Geräusche und ein neues Gefühl, das mich überraschte: dass ich das Näherkommen einer Wand spüren konnte, noch bevor ich sie berührte.

Schließlich tasteten wir uns um eine Biegung, und dahinter wurde es unvermittelt wieder hell. Namikos Silhouette hob sich gegen das grelle Licht ab, scharf wie ein Scherenschnitt.

Dann traten wir blinzelnd ins Sonnenlicht.

Wir standen in einer Felsnische, ein gutes Stück über dem Meer, und wenige Meter vor uns fiel der Boden steil ab. Ein paar Möwen erwachten aus ihrem Dämmerschlaf, blickten uns verstört an, torkelten ein paar Schritte Richtung Klippe und ließen sich dann meckernd in den Wind hineinfallen und davontragen. Von hier aus hatten wir einen atemberaubend weiten Blick über den Ozean und den Strand. Die dunkle Wassermasse wogte träge auf und ab, Wellen pirschten sich langsam heran und schlugen direkt unter uns gegen den Stein. Das Meer hatte etwas Unwirkliches, wie ein gigantisches, hungriges schwarzes Loch, aus dem niemand mehr herauskäme, der sich einmal hineingewagt hätte. Unten am Strand konnten wir ein paar Menschen erkennen, die im Watt nach Muscheln suchten oder im Sand saßen und ein Picknick machten.

Wir setzten uns auf den Boden, und Namiko lehnte sich an mich. Ich legte meinen Kopf ein wenig schief, bis er ihren berührte, und so saßen wir da, sprachen nicht und bewegten uns kaum. Ein tiefes Gefühl von Freundschaft und Zuneigung durchströmte mich. Wie schön es wäre, sie für den Rest meines Lebens an meiner Seite zu haben. Zu wissen, dass wir immer füreinander da sein und unsere Gedanken teilen würden.

Andere Bilder tauchten vor meinen Augen auf. Mein Chef in Deutschland, der oberflächliche Berichte über Prominente mehr liebte als Texte mit Tiefgang. Zeitschriftenartikel, die man selten so schreiben durfte, dass man stolz darauf sein konnte. Aber auch schöne Bilder. Freunde, die mir auf die Schulter klopften. Fotografen, mit denen ich spannenden Themen auf der Spur war. Mein Lieblingscafé in Hamburg mit Tom, dem talentierten Musiker, Chris, dem Pfeife rauchenden Cognactrinker, der rüstigen Edda, die oft an einem Tisch in der Ecke saß und uns Lieder aus ihrer eigenen Zeit vorsang, oder Inge, die zwischen ihren Reisen durch das Land immer wieder im Café strandete. Katrin, die als Verkäuferin in einem Supermarkt arbeitete und jeden Tag nach der Arbeit ins Café kam, um jordanischen Juwelenreis mit Datteln und Kardamom zu bestellen, der dort abends als Snack serviert wurde. Und natürlich Sally, die Besitzerin des Cafés. Sie hatte sich mehrfach seelenwunde Geschichten über die Tiefs in meinem Leben anhören müssen, aber das war vielleicht ohnehin der eigentliche Beruf einer Caféhausbesitzerin.

Ich dachte auch an meine Wohnung in Hamburg, an mein Auto und an meine Bücher. An meinen kleinen Garten, an mein Bett und an meine Badewanne. An mein Lieblingsrestaurant am Fischmarkt, an die Hamburger Landungsbrücken und an meinen Supermarkt. Das alles war sehr weit weg.

Sehr weit weg von Namiko.

Ich seufzte leise, und sie stupste mich leicht mit der Schulter an. Unsere Blicke verloren sich irgendwo im Grenzgebiet zwischen Wasser und Himmel. Wie fest umrissen sind die Grenzen zwischen Welten wirklich, ging mir durch den Kopf. Vielleicht hatte ich gerade mein erstes eigenes Koan erfunden.

»Du berührst mich«, sagte ich.

Sie legte ihren Kopf wieder an meine Schulter, und ich spürte, dass sie nickte. Dann saßen wir schweigend da. Ab und zu kamen ein paar Möwen herangeflogen und segelten um uns herum, und schließlich begann eine unsichtbare Hand, die Sonne langsam ins Meer zu tunken. Am Horizont sank sie ins Wasser, schien auszulaufen und färbte den Ozean rot und gelb. Der Strand leerte sich.

Namiko setzte sich auf und nestelte aus ihrem Rucksack eine Kerze und ein Feuerzeug hervor.

Ein Feuerzeug?

»Warum haben wir das nicht in dem Höhlengang benutzt?«, fragte ich verblüfft.

»Wieso?«, sagte Namiko und lächelte sanft. »Kannst du nicht mit den Ohren sehen?«

Sie ließ das Feuerzeug aufflammen, und die Kerzenflamme zuckte im Wind.

13

Ich weiß nicht.

Man sagt immer, es seien nicht die materiellen Dinge, die wirklich zählen. Und natürlich war ich immer ein kriecherischer Verkäufer dieses Dogmas. Was ja leicht fällt, wenn man alles hat. Jedenfalls habe ich noch nie einen Obdachlosen sagen hören, dass Geld nicht so wichtig sei.

Doch je länger ich meiner Heimat fernblieb, desto ehrlicher musste ich mir eingestehen, dass materielle Dinge wohl doch nicht so unwichtig sind. Denn manchmal ist Materie in Form gefasstes Gefühl.

Ich war geradezu verliebt in meine Bücher. Und je länger ich so weit von ihnen weg war, desto klarer wurde mir, dass sie eine ganz besondere Art von Materie darstellten. Irgendwo in Hamburg standen in Regalen aufgereiht eine Menge Träumereien, Lebensentwürfe, Dialoge, Intrigen, gescheiterte Fluchtversuche, Geständnisse, Predigten, Hasstiraden, Mosaiken, Schwarzmalereien, Spinnereien, Kochideen, intelligente Gedanken, traurige Erfahrungen, Lebenskarikaturen, spannende Reisen – alte Meister wie Victor Hugo, Oscar Wilde oder Fjodor Dostojewski, die vor so vielen Jahren schon genau das gleiche getan hatten, was heutzutage Jostein Gaarder, Rafik Schami, Paolo Coelho oder Antonio Skarmeta tun: Gedanken entfesseln und Geschichten freisetzen. Manchmal in ganzen Büchern, manchmal auch in einem einzigen geschliffenen Satz, versteckt auf Seite 169 irgendeiner Aphorismen-Sammlung. Dass eine Erzählung groß ist, bedeutet ja noch nicht, dass sie Größe hat.

Jedenfalls hatten Dostojewski, Wilde und Coelho sich meinetwegen verdammt viel Mühe gegeben. Hemingway hatte sich für mich tot gesoffen, Melville hatte mir zuliebe einen gigantischen Wal getötet und war dafür von seinen Kritikern verrissen worden, Jack London hatte sich das Leben genommen, nachdem mein Hunger nach Büchern ihn in die Verzweiflung getrieben hatte, Heinrich Mann war emigriert, damit ich später seine Bücher lesen konnte, Shakespeare hatte zu meiner Zerstreuung unzählige Menschen niedergemetzelt, darunter Könige und Herrscher. Das größte Opfer hatte vielleicht Arthur Miller gebracht, der Marilyn Monroe heiraten musste, damit er eine Muse und ich seine Dramen bekam (das war zwar gut gemeint, aber zum Veröffentlichen kam er erst wieder, als die Muse ihn verlassen hatte). Und nun standen ihre Geschichten in einer verlassenen Hamburger Wohnung. Niemand war da, der ab und zu einen Blick auf all diese Schätze warf, deren Wert sich eigentlich nicht nach dem Preis bemisst, sondern über ihren emotionalen Gehalt. Wenn wir Großmutters alten Schmuck wertvoll nennen, dann meinen wir damit ja auch keinen Geldbetrag, sondern die vielen Hände, die ihn so abgewetzt haben, und jene Situationen, denen er, nur indem er getragen wurde, eine magische Bedeutung verliehen hatte. Genau die Art von teuer, die wir meinen, wenn wir sagen, dass uns etwas lieb und teuer ist.

Dass man für etwas Mehrwertsteuer zahlt, bedeutet nicht, dass wir es nicht lieben dürfen. Wie meinen Motorroller. Im Sommer hatte ich immer sehr viel Spaß daran, damit durch Hamburg zu brausen. Manchmal saß Sally, die Cafébesitzerin, hinter mir, und wir waren in den Straßen unterwegs gewesen, vereint in einer gemeinsamen Bewegung mit einem gemeinsamen Antrieb. Das war auch eine Art, sich seine Freundschaft zu zeigen.

Ich dachte an die getrocknete Sonnenblume oben auf dem Bücherregal, deren Blütenblätter sich zwar längst dem Fluss der Dinge ergeben hatten, die mich aber an eine wundervolle Zuneigung erinnerte, aus der keine Liebe werden durfte. Eine vertrocknete Pflanze nur, aber in ihr steckte die Erinnerung an monatelanges Hoffen, Warten und schließlich Verzweifeln. Ich dachte an einen geschliffenen Stein, den Sally mir eines Tages als Glücksbringer geschenkt hatte und der seitdem als Anhänger am Schlüssel meines Rollers baumelte. Und obwohl ich nie ein abergläubischer Mensch war, gefiel mir die Vorstellung, ich könnte es diesem Stein verdanken, dass ich mit dem Roller niemals in einen Unfall verwickelt worden war.

Dinge konservieren Erinnerungen. Das wurde mir bewusst, als ich in Japan saß und nichts hatte als einen Koffer voller Kleidung. Angenommen, ich würde einfach hier bleiben und alles auf eine Karte setzen, die nicht die Bordkarte für den Rückflug war, sondern eine Art Joker. In einem Kartenspiel vertrat er eine beliebige andere Karte, und wenn Namiko dieser Joker wäre, würde sie viel Liebgewonnenes ersetzen müssen.

Mein Sofa war ein altes Ding und hieß Herr Matthau, weil es die gleiche sympathisch zerknautschte Patina hatte wie Walter Matthau. Auf Herrn Matthau habe ich viele erfrischend faule Fernsehabende und lautstarke Weinrunden mit Freunden verbracht. Das Sofa hatte mit der Zeit Rotweinflecken und Schrammen abbekommen und war mir dadurch letztlich noch mehr ans Herz gewachsen, beinahe wie ein alter Dackel, wenn er zu hinken beginnt. Herr Matthau hatte ein zu kurzes Bein und wackelte bei jeder Bewegung.

Vielleicht ist das, was einen Menschen ausmacht, nicht einfach nur sein Körper oder der Geist, der darin wohnt oder seine Seele, sind es nicht nur seine Gene, die Gefühle und Erinnerungen. Vielleicht besteht ein Mensch auch aus dem, was ihn umgibt. Vielleicht, weil dieses Umfeld zwar einerseits um ihn herum ist, andererseits aber auch tief in ihm steckt. Vielleicht ist Herr Matthau ich, und auch meine Bücher und mein Roller. Vielleicht bildet all das zusammen mit dem Menschen eine Einheit, die auseinanderzureißen wehtut und den Menschen zu etwas Unvollständigem macht. Und darum fühlt man sich wie ein Bruchstück, wenn man aus seiner Umgebung gerissen wird.

Es waren ungefähr zwei Wochen vergangen seit meiner Ankunft in Kyoto, als diese Gefühle mich beschlichen. Vielleicht, dachte ich, kann ein Land, das schön ist, nicht ein Land ersetzen, das das eigene ist. Vielleicht ist sogar der Gedanke, dass Bücher einen in die Heimat zurückziehen, in Wirklichkeit viel weniger materialistisch als der Gedanke, dass man Bücher jederzeit neu kaufen kann.

Ich weiß nicht.

Dinge flüstern vielleicht auch.

14

Auf dem Rückflug von Ishigaki nach Osaka beschlossen wir, Namikos Vater nicht zu erzählen, dass wir seinen Garten bereits besichtigt hatten. Also mimten wir die Unschuldigen, als er uns am Flughafen wieder abholte und uns während der Rückfahrt nach Kyoto einlud, am späten Abend bei einem magischen Ereignis in seinem Pflanzenreich dabei zu sein. Was genau uns erwartete, verriet Namiko nicht.

Bei Einbruch der Nacht standen wir vor dem Gartentor, und die Pforte aus Bambusgeflecht schimmerte im geheimnisvollen Licht des Vollmonds. Dahinter schien alles ruhig zu sein. Namiko streckte zögernd die Hand aus, um das Tor zu öffnen. Als sie den Garten betreten wollte, fasste ich sie an der Schulter.

»Warte«, sagte ich.

Sie drehte sich zu mir um und blickte mir lächelnd in die Augen.

»Ich hatte gehofft, dass du darauf kommen würdest«, flüsterte sie dann und zog das Tor wieder zu. Wir wandten uns ab, gingen an der Außenmauer entlang und bogen um die Ecke.

Schließlich standen wir an der Stelle, wo wir beim letzten Mal über die Mauer geklettert waren.

»Bitte, nach dir«, sagte ich.

Namiko stemmte sich über den Sims und verschwand. Für einen kurzen Moment war die Mauer die Grenze in eine andere Welt, in die Namiko entwichen war, und in die ich ihr nicht würde folgen können. Mein Herz schmerzte bei der Vorstellung, ich würde sie niemals wiedersehen. Hastig kletterte ich ihr hinterher.

Wie bei unserem ersten Besuch schoben wir die Arme der Büsche beiseite, die nach uns griffen, und betraten den Weg aus Steinen. Doch dieses Mal waren wir nicht alleine. Während wir dem Pfad in Richtung Wald folgten, kamen wir an Menschen vorbei, die alleine oder zu zweit zwischen den Pflanzen saßen und in den Himmel blickten oder sich leise unterhielten. Einige hatten kleine Lunchboxen mitgebracht, und manche wedelten sich mit Papierfächern kühlende Luft ins Gesicht.

»Worauf warten sie alle?«, fragte ich.

»Auf die Mondseufzer«, sagte Namiko leise und drang ohne weitere Erklärungen in den Wald ein. Wir folgten dem Lebensweg zwischen den Bäumen hindurch, und an der Lichtung blieb Namiko stehen und deutete hinab zum See. Auf der Insel saß, die Beine angewinkelt, ihr Vater im Mondlicht. Er trug einen Kimono und hielt etwas in der Hand, das aus der Entfernung wie ein Holzstock aussah. Vielleicht will er damit irgendein Tier bändigen, dachte ich.

»Komm«, sagte Namiko und zog mich sachte am Arm. Wir gingen durch den Wald zurück und setzten uns zwischen den silbern schimmernden Büschen auf einen kleinen, mit Gras bedeckten Platz. Die Pflanzen umschlossen uns und schützten uns vor den Blicken anderer Gäste. Am Himmel stand der Vollmond, der von einem schillernden Nebel umgeben war und scheinbar reglos darauf wartete, dass etwas geschah. Zwischen den Blättern blinkten ein paar Glühwürmchen wie heruntergefallener Sternenstaub. Etwas Bedeutungsvolles erfüllte die Luft. Namiko legte den Zeigefinger auf ihre Lippen und lächelte geheimnisvoll. Eine ganze Weile passierte nichts. Doch dann hörte ich die ersten Mondseufzer.

Es begann mit einem tiefen Ton, der lange andauerte, sanft vibrierte und schließlich zitternd verebbte. Nach einem Moment magischer Stille schwebten heisere Töne durch die Luft, drangen durch das Geäst und fuhren mir in die Seele. Weitere Töne folgten, respektvoll und vorsichtig, als hätten sie Angst, von den falschen Ohren gehört zu werden, wie ein Beutetier, das im Revier eines Löwen unsicher nach seinen verlorenen Jungen ruft. Wie schutzlose kleine Wesen tasteten sich die Töne durch die Nacht und erfüllten sie mit melancholischem Gesang. Vielleicht waren es auch keine Wesen, sondern nur deren Atemzüge, die sie zurückgelassen hatten und die nun als klingende Schemen herumirrten.

»Eine japanische Bambusflöte«, flüsterte Namiko.

Sie schloss ihre Augen und schien langsam davonzugleiten, während die Shakuhachi wie aus der Zukunft heraus sprach und ihre eindringlichen Töne wie kleine geflügelte Botschafter ausschickte, um die Vergangenheit zu erkunden. Mal wurden die Tonfolgen schneller und heiterer, die Laute heller, dann wieder waren sie erfüllt von kummervoller Sehnsucht, mal euphorisch und mal verhalten, zwiespältig wie ein lebendiges Geschöpf und ambivalent wie das Leben. Ich spürte, wie sich etwas in meinem Inneren rührte und die Melodien eine tiefe Empfindung zum Leben erweckten, gleichzeitig Glücksgefühl und Wehmut. Kurz hatte ich den unbestimmten Eindruck, die Flötentöne riefen ausschließlich nach mir, und alle anderen Besucher würden vielleicht nur eine harmlose Melodie hören.

Namiko zog die Schuhe aus und legte ihre Füße in meinen Schoß. Sie lehnte sich zurück und stützte sich auf ihre Ellenbogen. Als ich meinen Blick über ihre nackten Unterarme gleiten ließ, sah ich, dass sie eine

Gänsehaut hatte. Ich umschloss ihre Füße mit meinen Händen, um sie festzuhalten oder um mich selbst an ihr festzuhalten, und betrachtete ihre Haare, die feenhaft bläulich schimmerten, und ihr Gesicht, auf dem ein versonnenes Lächeln spielte.

Die unwirklichen Melodien erfüllten den Garten und ließen uns die Zeit vergessen, und als das Flötenspiel verebbte, blieben Namiko und ich noch eine Weile schweigend im Gras sitzen. Ich massierte ihre Füße, und es war schön zu spüren, dass sie nichts dagegen zu haben schien.

»Ich habe noch was für dich«, meinte sie schließlich, nestelte einen zusammengefalteten Zettel aus der Hosentasche und drückte ihn mir in die Hand. »Lies ihn erst, wenn du wieder in deinem Hotel bist, ja?«

Die Gäste streiften durch den Garten und fanden sich auf der kleinen Insel ein, wo Namikos Vater ein Feuer entzündet hatte und grünen Tee und Geleestücke aus süßen roten Bohnen anbot.

»Hat es Ihnen gefallen?«, fragte er mich, als wir uns dazugesellten.

»Könnte ich diese Melodie jeden Abend hören, wäre mein Leben sicher reicher«, sagte ich.

»Nun, Sie werden sie nie wieder hören«, antwortete er. »Weil es keine Noten gibt, keinen Entwurf. Es war aus dem Gefühl heraus gespielt.«

Namiko lächelte mich unschuldig an.

15

Auf dem Weg vom Garten der Mondseufzer zu meinem Hotel versuchte ich eine Melodie zu summen, die ich noch nicht kannte. Doch immer wieder verwandelte sie sich schon nach wenigen Tönen in wohlvertraute Musikstücke. Genauso gut hätte ich probieren können, mir eine vollkommen neue Farbe auszudenken, ohne sie aus den bekannten zusammenzumischen. War der Mensch überhaupt in der Lage, etwas zu erschaffen, das sich vom Vertrauten vollkommen unterschied? Letztlich bestand selbst ein Einhorn nur aus den altbekannten Teilen Horn und Pferd. Vielleicht war Neues immer nur das Alte in anders gemischter Rezeptur.

Ich betrat das Hotel, ließ mir an der Rezeption meinen Zimmerschlüssel geben und war schon auf dem Weg zum Aufzug, als ich zögerte und zurückblickte. Schließlich ging ich auf den Sessel in der Lobby zu und sah durch die Glasfront nach draußen, wie ich es schon einmal getan hatte. Rituale schlagen eine Brücke zwischen Vergangenheit und Gegenwart und können einem so einen ganz besonderen Halt geben.

Auf der anderen Straßenseite schlenderte ein Liebespaar durch das Vollmondlicht. Der Mann hatte seinen Arm um die Schultern der Frau gelegt und sagte irgendetwas. Die Frau warf lachend den Kopf in den Nacken und klopfte dem Mann mit ihrer Hand auf den Bauch. Er küsste ihre Haare, dann verschwanden sie aus meinem Blickfeld. Ich fühlte mich wie ein Fisch im Aquarium, der durch die Scheibe in eine andere Welt blickt. Könnte diese Welt meine werden? Wie stark unterschied sie sich von der mir vertrauten?

Für einen Moment schloss ich die Augen und reiste in Gedanken zurück in den Garten der Mondseufzer. Sofort fühlte ich wieder Namikos Füße in meinem Schoß und spürte die eindringlichen Töne der Flöte mein Inneres erkunden. Ich erinnerte mich an den Zettel, den Namiko mir mitgegeben hatte, und zog ihn hervor. Sie hatte ein weiteres Koan darauf geschrieben:

Zwei Gruppen von Mönchen stritten sich, welcher von ihnen eine Katze gehörte. Da kam Zenmeister Nansen mit einem Hackmesser und sagte: »*Wenn einer von euch ein gutes Wort sagen kann, könnt ihr die Katze retten.*« *Da niemand etwas sagte, hackte Nansen die Katze in Hälften und gab jeder Gruppe eine. Später erzählte Nansen die Geschichte einem anderen Mönch, und der legte sich wortlos seine Sandalen auf den Kopf.* »*Wärst du dabei gewesen*«, *sagte Nansen,* »*würde die Katze noch leben.*«

Eine merkwürdige Empfindung ergriff von mir Besitz. Die Lösung für mein Problem schien in diesem Zettel zu liegen. Ich verstand nicht, was die Geschichte bedeutete, aber ich spürte, dass sie auf geheimnisvolle Weise mit mir selbst in Verbindung stand.

16

Am nächsten Morgen fuhren wir mit dem Zug hinaus aufs Land. Wir sprachen nicht viel, Namiko starrte die meiste Zeit aus dem Fenster. Unsere Fahrt endete in einem kleinen Dorf außerhalb von Kyoto, und vom Bahnhof aus marschierten wir eine staubige Straße entlang bis zum Ortsrand.

»Da sind wir«, sagte Namiko schließlich und steuerte auf einen baufälligen Schuppen zu, der auf einer mit Unkraut und Blumen übersäten Wiese stand. Ein paar knochige Kiefern standen herum, und offenbar erwarteten sie niemanden, denn sie ließen lustlos ihre Zweige herabhängen. Vielleicht war auch die Hitze schuld. Das immerwährende Zirpen der Zikaden durchdrang den Tag. Heuduft lag in der Luft und erinnerte mich für eine Sekunde an Kindertage, kurze Hosen und aufgeschrammte Knie. Wann war ich das letzte Mal auf einen Baum geklettert?

Von hier aus erschlossen sich, so weit das Auge reichte, pingelig kultivierte Äcker neben struppigen Feldern. Ein ausgedehntes Tal zog sich sachte abfallend dahin, und in der Ferne glitzerte zwischen Bäumen und Büschen ein Bach, hinter dem die Landschaft zögernd wieder anstieg. Unbefestigte Wege hatten sich ineinander verheddert, und es war mir unmöglich, ein System darin zu erkennen.

Das Tor des Schuppens war aus groben Holzbrettern zusammengezimmert worden, die inzwischen so morsch waren, dass sie sich als Absperrung ebenso wenig eigneten wie das freistehende Tor im Garten der Mondseufzer. Namiko stand bereits davor und blickte mich verschwörerisch an.

»Bist du bereit?«, fragte sie.

»Na klar«, sagte ich.

Sie griff mit beiden Händen nach dem rostigen Eisenring, der am Tor befestigt war, und zog es langsam auf. Es war nicht so, dass das altersschwache Tor schwer wog –

Namiko ließ sich einfach Zeit. Sie wollte nicht bloß einen Schuppen öffnen, sie wollte etwas enthüllen, verheißungsvoll schmunzelnd und den Moment sichtlich genießend. Hinter dem knarrenden Holz lag zunächst nichts als Dunkelheit, aber das Sonnenlicht drang immer tiefer in den Schuppen ein. Und dann gab er sein Geheimnis preis.

»Das ist —«

Namiko lief bereits hinein und kletterte auf den Traktor. Wie der Schuppen hatte auch er schon bessere Tage gesehen. Die grüne Farbe blätterte ab, und der Rost hatte seine Spuren hinterlassen. Eine kantige Abdeckung war über den Motor gestülpt, der an den Seiten herausschaute und mit schwarzen, öligen Schwielen bedeckt war. Vorne waren zwei runde Scheinwerfer montiert, aber vermutlich würden sie keinen Weg mehr ausleuchten können, denn das Glas hatte mehrere Sprünge und war milchig geworden. Von den Lampen und den Rädern abgesehen war alles an dem Fahrzeug altmodisch eckig, und dem vorsintflutlichen Design nach zu schließen hatte der kleine Trecker vermutlich die Dinosaurier sterben sehen.

»Du hast – das ist dein eigener Traktor?«, fragte ich ungläubig.

»Wofür hältst du das hier?«, kicherte sie. »Für ein U-Boot?«

»Ich kenne nicht viele Menschen, die in der Großstadt wohnen und einen *Traktor* besitzen.«

Ich lachte und schwang mich neben Namiko auf den Notsitz.

Der Motor rasselte ein paar Mal gleichgültig, dann sprang er schließlich mit viel Getöse an wie ein übertrieben hustender Simulant, und Namiko lenkte den Trecker gekonnt ins Freie. Als sie auf einen Feldweg einbog und das Tal hinunterfuhr, wurde ich durchgeschüttelt wie ein Cowboy beim Rodeo.

»Spürst du es?«, rief sie. »So fühlt es sich an, wenn das Leben einen packt und richtig in die Mangel nimmt.«

»Wieso kaufst du dir einen Trecker? Was gefällt dir daran?«, rief ich zurück.

»Die Langsamkeit«, jauchzte sie und kurvte dann eine Weile planlos durch die Felder, ließ die Landschaft in Zeitlupe an uns vorüberziehen und erzeugte damit in mir das intensive Gefühl, am Leben zu sein. Während wir durch die Landschaft fuhren, entfernte mein Bewusstsein sich immer weiter vom Denken und richtete sich auf das pure Sein. Offenbar brauchte es keinen Zenmeister, der einen schmerzvoll an der Nase zog, um den ewigen Fluss des Denkens anzuhalten. Langsam ertastete ich mir einen Zugang zu den Koans. Sie zu lesen und dann mit dem Kopf zu sezieren, war tatsächlich der falsche Weg. Besser, man setzte sich auf einen ruckelnden und auf jeden Knochen einhämmernden Traktor.

Gemächlich tuckerten wir tiefer ins Tal hinab. Neben mir saß eine Frau, die in ein erfrischend einfaches Kleid gehüllt war, deren schwarzes Haar ihr von der Schüttelei wild ins Gesicht hing und die den Traktor auf das Ufer des Bachs zusteuerte, den ich vom Schuppen aus entdeckt hatte.

Am Ufer angekommen erstickte das Geräusch des alten Motors, wir sprangen von unseren Sitzen hinunter und sanken direkt am Bach ins hohe Gras.

Stille kehrte ein.

»Warum kann man nicht im selben Fluss zweimal baden?«, überlegte Namiko, blickte auf die gluckernde Wasseroberfläche und ließ sich dann seufzend nach hinten fallen. Instinktiv wusste ich, dass das keine Frage war, sondern wieder ein Koan, und schweigend legte ich mich neben sie auf den Rücken.

»Alles fließt«, sagte ich nach einer Weile und blickte zu ihr hinüber. Sie lächelte und schwieg.

Ein weißer Schmetterling flatterte über uns, drehte ein paar Runden und ließ uns dann wieder alleine. Die Zikaden, unsichtbar wie immer, machten weiter Krrr-krrr, wie ein niemals innehaltendes Uhrwerk. Die Hitze wurde durch einen lauen Wind angenehm verquirlt, und das Flüstern des Wassers wirkte betäubend auf meine Sinne. In den Bäumen saßen zwei Amseln, die sich zwitschernd über Vogelangelegenheiten unterhielten.

»Früher«, sagte Namiko schließlich, »gab es in den Gärten das Fest des gewundenen Bachlaufs. Dafür wurden leichte Schalen mit Reiswein gefüllt und auf das Wasser eines Bachs gesetzt. Ein Dichter fischte dann eine vorbeischwimmende Schale aus dem Wasser, trank den Sake und musste spontan ein Gedicht erfinden.«

»Das war bestimmt nicht immer leicht.«

»Na ja, diese Gedichte bestanden manchmal eben nur aus ein oder zwei Zeilen. Ich denke, im Vordergrund stand, eine Verbindung zwischen Garten und Poesie zu schaffen. In unserer Kulturgeschichte gibt es eine starke Wechselwirkung zwischen beidem. Mal war ein Gedicht das Vorbild für das Anlegen eines Gartens – mal war ein Garten der Ort, an dem Gedichte erfunden wurden.«

Davon hatte ich bereits gelesen. Die frühen japanischen Gärten waren offenbar ein Ort für Schöngeister und Adelige. In speziellen Wandelgärten gab es an sorgfältig ausgewählten Stellen liebevoll hergerichtete Plätze, an denen man sitzen und ein Instrument spielen sollte oder ein Lied singen – oder sich ein Gedicht ausdenken. So saß man dann vielleicht in einem Pavillon, blickte in die Landschaft hinaus und schenkte seine Zeit dem Müßiggang.

Ich schaute in die Natur und versuchte für eine Weile, an nichts Bestimmtes zu denken. Namiko räkelte sich neben mir im Gras, und ich konnte sie spüren, ohne dass wir uns berührten. Schließlich fielen mir die Schriftzeichen ein, die sie mir gezeigt hatte. Wenn heute noch im Zeichen für ›Bahnhof‹ ein Pferd vorkam und im Zeichen für ›kaufen‹ eine Muschel und ein Fischernetz, dann hieß das nichts anderes, als dass die Zeichen das Gewesene konservierten – so wie ein Garten ein Gedicht – und sie ihm dadurch über den Moment hinaus eine Bedeutung verliehen. Während ich neben Namiko am Bach lag und das Wasserplätschern mich einlullte, dachte ich, dass auch dieser Moment sich bewahren ließe. Dass er nicht an Wert verlieren müsse, sobald wir wieder in Kyoto wären. Dass die Idylle von jetzt sozusagen ein Einsatz für morgen ist.

In Gedanken drehte ich die Zeit zehn Jahre weiter, sah uns auf einem Sofa sitzen und hörte mich sagen: »Weißt du noch, die Tour mit dem Traktor, und wie wir da an diesem Bach gelegen haben?« Und Namiko würde ihren Kopf auf meine Schulter legen, und der Moment wäre wieder zugegen, aus der Vergangenheit vergegenwärtigt, so wie das Pferd im Bahnhof.

Nichts verloren gehen zu lassen, darauf kam es an.

Den Augenblick in die Zukunft retten.

Damit man später vom Gewesenen zehren kann. Ich glaube, um das zu sagen, hatte Namiko mir die chinesischen Schriftzeichen gezeigt. Ich dachte an Eva. Montags konnten wir irgendein nettes Erlebnis miteinander haben – wenn wir uns dienstags stritten, war der Montag vergessen, und keine noch so schöne Erinnerung konnte die Wogen glätten. Alles fließt, aber man muss ja nicht alles *davon*fließen lassen.

»In eurer Kultur«, sagte ich und drehte meinen Kopf zu ihr, »verdrängt das Neue das Alte nicht, oder?«

»Es ergänzt sich«, nickte sie. »Was war, behält seinen Platz.«

»Wenn wir diesen Augenblick auf dieselbe Art festhielten? Wenn wir in zehn Jahren auf einem Sofa säßen und uns daran erinnerten?«

»Dann«, flüsterte sie, »würden wir uns sicher –«

»– sehr nahe fühlen«, sagten wir gleichzeitig.

Die unsichtbaren Zikaden zirpten.

Als würden sie sich unaufhörlich irgendetwas vergegenwärtigen.

17

»Erzähl mir mehr über Schriftzeichen und Piktogramme«, bat ich und warf einen Stein in den Bach.

»Einige hast du ja schon kennengelernt«, begann Namiko und kratzte mit einem Zweig ein paar Striche in die Erde. »So wie das Pferd. Es gibt noch mehr Symbole, die wie Piktogramme funktionieren. Hier:«

»Was ist das?«

»Offenbar nicht Piktogramm genug«, schmunzelte sie. »Es ist das Zeichen für ›Auto‹.« Mit leicht geöffnetem Mund und Applaus heischenden Augen blickte sie mich an, während ich auf ihre Skizze im Dreck starrte und mit dem Verstehen rang. Doch plötzlich durchfuhr mich die Erkenntnis, ich grinste sie an wie ein Schuljunge und rief: »Ein Karren! Es ist ein Karren, aus der Luft betrachtet, mit zwei Rädern und einer Achse!« Sie klatschte lachend in die Hände und küsste mich auf die Wange. Angesichts solcher Belohnungen erst recht auf den Geschmack gekommen, verlangte ich nach mehr Schriftzeichen.

»Ich zeig dir noch ein Piktogramm«, sagte sie und ritzte wieder ein paar Striche auf dem Boden:

»Darf ich vorstellen: die Sonne. Aber auch der Tag, je nachdem. Was gemeint ist, geht jeweils aus dem Zusammenhang hervor. Japanisch ist keine besonders logische Sprache, wir verlassen uns oft eher auf die Intuition. Das Zeichen für Sonne ist schon so stark stilisiert, dass man es kaum noch erkennen kann. Im Laufe der Zeit wurde sie eckig, und die vielen äußeren Strahlen wurden zu einem einzigen inneren Strich zusammengefasst – das lässt sich schneller schreiben. Vereinfacht wurde zum Beispiel auch die Darstellung für ›Baum‹:«

木

»Kann man noch als Baum erkennen«, brummte ich zufrieden.

»Und wenn du unten noch einen Strich hinzufügst«, redete Namiko weiter, »bekommst du das Zeichen für ›Wurzel‹:

本

Es bedeutet auch ›Wurzel‹ im übertragenen Sinn, also etwa ›Ursprung‹. Vermutlich steht dieses Zeichen deshalb außerdem für ›Buch‹, denn Bücher sind die Wurzeln des Wissens. Weißt du, warum Marco Polo, als er nach Europa zurückkam, Japan das ›Land der aufgehenden Sonne‹ nannte?«

»Es hat mit diesem Schriftzeichen zu tun?«

»Genau. Wenn man die Zeichen für Sonne und Ursprung nebeneinander setzt, bekommt man den Namen Japans:

日本

Richtigerweise hätte Marco Polo also sagen müssen: Land des Sonnenursprungs.«

»Moment, jetzt stehen plötzlich zwei Zeichen nebeneinander, bilden aber gemeinsam ein neues Wort? Woher weiß ich, dass die Zeichen nicht mehr für sich alleine sprechen, sondern in der Kombination etwas anderes bedeuten?«

Namiko lächelte. »Was glaubst du, warum Japanisch von vielen als die schwierigste Sprache der Welt bezeichnet wird?«

»Bisher haben wir nur von diesen Piktogrammen geredet. Du hast gesagt, es gibt noch andere Arten von Symbolen?«

»Oh ja. Genau genommen sind die allermeisten Schriftzeichen leider nicht so einfach. Und es kommt noch ein anderes kleines Problem hinzu: Die japanische Schrift besteht nur zum Teil aus den chinesischen Zeichen. Darüber hinaus haben wir noch zwei eigene, ausschließlich japanische Schriftsysteme, und oft findest du in nur einem Satz alle drei Schriften vor. Selbst ein einziges Wort setzt sich häufig aus einem chinesischen Zeichen plus mehreren japanischen Zeichen zusammen.«

»Klingt kompliziert.«

»Keine Angst, das werde ich dir heute nicht mehr zumuten«, lachte Namiko und klopfte mir auf die Schulter. »Ich wollte dir nur zeigen, wie die Piktogramme die Dinge auf ihr Sein zurückführen. Das Symbol für ›Bahnhof‹ erinnert dich an seinen Ursprung: Es geht nicht um die Form, sondern um den Inhalt, nicht um das Gebäude, sondern um den Ort, an dem Reisende ankommen und abfahren – egal, wie der Bahnhof aussieht. Das Schriftzeichen für Frühling zeigt zum Beispiel eine Sonne und Pflanzenkeime, die durch die Erde brechen. Es stellt den Frühling also nicht als Kalenderdatum, sondern als Ereignis dar. Es geht im Grunde um das unveränderbare Wesen. Egal, welche Vogelart du nimmst, eine Ente, ein Huhn, eine Amsel oder die Möwe: In all diesen Wörtern kommt das Zeichen für Vogel vor und erinnert an den Kern, das Sein. Eben das, was man ohne nachzudenken erschließen kann.«

»Wahrnehmung mit dem Bauch?«

»Find ich schon. Das Sein der Dinge erschließt sich eher über die Intuition als über das Denken.«

Mein Bauch sagte mir, dass ich ziemlich verliebt war.

»Treffen wir uns doch morgen vor der Bibliothek von Kyoto«, schlug Namiko vor. »Dann zeig ich dir, was Intuition mit Erdbeermarmelade zu tun hat.«

18

Es roch nach gewaltigem Schlachtengetümmel, prunk-
vollen Krönungszeremonien, heimtückischen Judasküs-
sen, blitzgescheiten Philosophen, gesetzlosen Räuber-
banden, heiligen Männern und mordenden Diktatoren.
In einer Bibliothek spielte es keine Rolle, wer einmal zu
den Guten und wer zu den Bösen gehört hatte. Hier standen sie alle nebeneinander und ließen sich in Frieden.

Am Vormittag waren kaum Besucher da, und nur ab
und zu sah ich jemanden von einem Regal zum nächsten
huschen, mit einem Angestellten flüsternd oder behutsam in einem Buch blätternd. Vielleicht, ging mir durch
den Kopf, sprachen Menschen in Bibliotheken nicht
deshalb so leise, weil sie die Konzentration der anderen
nicht stören wollten, sondern weil sie Angst hatten, all die
schrecklichen Gestalten in den Büchern aufzuwecken.

An den Wänden zogen sich bis zur Decke hoch Regale,
in denen abgegriffene Werke standen und stumm auf
einen herunterblickten, bis man ein schlechtes Gewissen
bekam. Auf einem hölzernen Lesepult lag ein altes Buch,
in dem es anscheinend um Evolution ging. Es war einla-
dend geöffnet und zeigte ein paar Skizzen von Charles
Darwin. Ich stellte mir vor, wie er auf den Galapagosinseln
gesessen, Finkenschnäbel gezeichnet und darüber nach-
gedacht hatte, wie er die Welt am eindrucksvollsten mit
neuen Ansichten schockieren konnte. Jetzt lag er bereits
seit 1882 tot in der Westminsterabtei in Großbritannien,
doch in einer Bibliothek in Japan lebten seine Ideen weiter. Letztlich sind Bücher auch nur Konservendosen.

Ich zog wahllos ein Buch aus dem Regal und schlug
es auf. Eine wilde Ansammlung von Schriftzeichen füllte

die Seiten, und ich beneidete Namiko darum, dass sie zwei so unterschiedliche Sprachen und Schriften wie meine und ihre gemeistert hatte. Von den Zeichen, die sie mir in den letzten Tagen gezeigt hatte, fand ich spontan kein einziges, und ein wenig entmutigt schob ich das Buch an seinen Platz zurück.

Namiko stand vor den Holzkästen mit den Zeitschriften und blätterte in alten Ausgaben des japanischen Wissenschaftsmagazins *Newton*.

»Da ist es ja«, meinte sie schließlich, kam auf mich zu und hielt mir eine aufgeschlagene Zeitschrift unter die Nase. Auf dem Foto beugten sich junge Leute über mehrere Gläser mit einer roten Masse darin.

»In den USA haben Forscher ein paar Studenten Erdbeermarmelade beurteilen lassen«, erklärte Namiko. »Die eine Gruppe sollte die Konfitüre spontan bewerten, die andere sollte genau darüber nachdenken und Gründe für ihr Urteil auflisten. Und weißt du, was dann geschah?«

»Nein, was?«

»Die, die sich Gedanken machten, trafen schließlich Urteile, die sich sehr stark von den Bewertungen von Profitestern unterschieden. Aber diejenigen, die intuitiv über die Marmelade entschieden, waren sehr dicht dran an den Einschätzungen der Lebensmittel-Experten. Und die Forscher wagten noch ein zweites Experiment: Sie ließen zwei Gruppen von Testpersonen Poster fürs Wohnzimmer kaufen. Die einen sollten sich genau überlegen, welches Bild sie haben wollten – die anderen sollten intuitiv zugreifen. Als beide Gruppen Wochen später befragt wurden, waren die Spontankäufer mit ihrer Entscheidung deutlich zufriedener als die, die erst lange das Für und Wider abgewogen hatten.«

»Ich hab mal gelesen, dass gute Manager meistens aus dem Bauch heraus entscheiden«, sagte ich. »Wirtschaftszusammenhänge sind oft so komplex, dass man sie gar nicht mit dem Kopf erfassen kann und nicht mehr durch bewusstes Nachdenken ermittelbar ist, welche Entscheidung die richtige ist. Also verlassen Manager sich auf ihre Intuition – und leben gut damit. Sie können oft noch nicht einmal erklären, warum sie welche Entscheidung getroffen haben.«

Ich erinnerte mich an eine wissenschaftliche Untersuchung, in der gefragt wurde, welche Wortfolge die bessere ist: »eine rote große Scheune« oder »eine große rote Scheune«. Dass die zweite Variante die bessere ist, wussten alle – aber niemand konnte erklären, warum.

»Weißt du, was mein Vater sagte, als er von seinen Eltern unseren Garten bekam und man ihn später einmal fragte, womit er sich eigentlich die Zeit vertreibe? ›Ich habe einen Garten. Also pflege ich einen Garten.‹ Ein schöner Satz, nicht?«

»Aber ganz einfach mit dem zufrieden zu sein, was man vorfindet –«

»– setzt etwas sehr Wichtiges voraus: Bescheidenheit. Warum die Karriereleiter hochklettern, wenn man auf den Baum im Garten klettern kann?«

Mir wurde klar, dass mir solche Gefühle eigentlich nicht fremd waren. Mein Bauch war verliebt, aber mein Kopf wusste, dass man nicht von der Liebe lebt, sondern vom Gehalt. Mein Bauch sehnte sich nach Namikos Berührungen, aber mein Kopf riet mir davon ab, das Gedankenspiel über ein Leben in Japan zu vertiefen. Welche Zukunft mich in Hamburg erwartete, wusste ich – was in Kyoto auf mich zukam, nicht.

»Hier steht noch mehr«, fuhr Namiko fort und steckte

ihre Nase in die Zeitschrift. »Psychologen haben amerikanische Studenten gefragt, welche Stadt größer sei: San Diego oder San Antonio. Nur 63 Prozent antworteten korrekt mit San Diego. Als dieselbe Frage deutschen Studenten gestellt wurde, antworteten alle richtig. Sie hatten noch nie etwas von San Antonio gehört, und ihr Unwissen hatte sie intuitiv die richtige Antwort finden lassen, weil eine unbekannte Stadt bestimmt kleiner ist als eine bekannte.«

Ich erstarrte.

Ein leises Kribbeln zog sich über meinen Rücken, und ich schaute mit offenem Mund Namiko an, die ihren Blick auf die Zeitschrift geheftet hatte und darin blätterte.

Plötzlich hatte ich begriffen, warum der Mönch im Katzen-Koan die Sandalen auf seinen Kopf legt.

Bei den amerikanischen Studenten hatte das Nachdenken, das Einschalten des Kopfes, dazu geführt, dass sie die falsche Entscheidung getroffen hatten. Auch die beiden Mönchsgruppen, die sich um die Katze streiten und sie in zwei Teile hacken lassen, setzen den Besitz vor die Liebe, den Kopf vor den Bauch.

Der Mönch, dem diese Geschichte später erzählt wird, hat das erkannt, und um zu zeigen, wie unwürdig ihm Entscheidungen des Kopfes erscheinen, legt er seine dreckigen Sandalen darauf.

19

Namiko ging von der Bibliothek aus direkt zur Uni, und auch ich hatte Pläne. Dass sie zu ihren Vorlesungen musste, kam mir da nur entgegen, denn was ich vorhatte, sollte sie nicht mitbekommen.

Namiko hatte mich an wirklich romantischen Erlebnissen teilhaben lassen – ich fand, es sei an der Zeit, mich zu bedanken. Und natürlich wollte ich sie nicht einfach in ein Restaurant einladen oder ihr Blumen in die Hand drücken. Solche Dinge haben zwar auch ihr Gutes und bereichern eine Freundschaft oder Liebe, denn der Wert einer Geste wird ja nicht dadurch gemindert, dass Menschen schon oft davon Gebrauch gemacht haben. Man kann zum hundertsten Mal zusammen ins selbe Restaurant gehen und sich vom selben Kellner das gleiche Essen kommen lassen und den Abend gerade deshalb als etwas ganz Besonderes wahrnehmen. Denn nicht auf die äußeren Umstände kommt es an, sondern auf die innere Einstellung.

Aber jetzt wollte ich etwas Ausgefallenes. Immerhin hatte Namiko mir unter anderem einen Leuchtturm, ein geheimnisvolles Garten-Universum und magische Mondseufzer geschenkt. Für dieses fantasievolle Wesen wollte ich etwas, das zu unserer gemeinsamen Geschichte passte. Ich wusste ja inzwischen, womit man Namiko begeistern konnte, und die Idee war mir wie von selbst gekommen, leicht und ohne lange nachdenken zu müssen. Was solcherlei Kreativität angeht, sind Verliebte entschieden im Vorteil.

Ich trank noch einen Karamell-Kaffee in der Filiale des *Starbucks*, die direkt am Ufer des Flusses Kamo zwischen den altehrwürdigen japanischen Restaurants lag und zahlreiche ausländische Studenten anzog. Sie redeten in so vielen Sprachen aufeinander ein, dass ich kurz die Augen schloss und mir vorstellte, wir befänden uns 600 Jahre vor Christi Geburt und ich säße mitten auf der Baustelle des Babylonischen Turms. Bis in den Himmel hätte er reichen sollen, doch das ehrgeizige Projekt scheiterte daran, dass die Bauleute sich untereinander nicht verständigen konnten. Dass die Zuneigung zwischen Namiko und mir so mühelos bis in den Himmel hinaufragte, lag vielleicht daran, dass wir nicht unbedingt Worte brauchten, um miteinander zu reden.

Umso wichtiger war es mir, Namiko mit einer besonderen Überraschung zu zeigen, als wie wertvoll ich unsere Verbindung empfand. Die Vorfreude auf mein Vorhaben erfüllte mich noch, als ich schließlich zurück ins Hotel schlenderte und dort ein paar Erkundigungen einholte. Der Mann an der Rezeption war sich offenbar zuerst nicht sicher, ob er das, was ich auf Englisch erklärte, wirklich richtig verstand, und schaute überrascht; doch nachdem ich ihm ausführlicher beschrieben hatte, worum es ging, zog sich ein breites Lächeln über sein Gesicht. Eifrig nickend zog er eine Karte von Kyotos Umgebung aus einem Ständer, blätterte respektvoll die zweidimensionale Landschaft auseinander und ließ eine Weile suchend seinen Zeigefinger durch die Büsche, Wiesen und Wälder gleiten, bis er mit einem zufriedenen »Ah!« innehielt. Er markierte die Stelle mit einem Kugelschreiber, schob mir die Karte hin und blickte mich siegesgewiss an. Ich warf einen Blick auf den Flecken, den er angezeichnet hatte. Einen solchen Ort wirklich zu finden, hatte ich kaum zu hoffen gewagt, doch das war genau das, wonach ich gesucht hatte. Ein simples

Kugelschreiber-X machte aus dem belanglosen Plan eine wertvolle Schatzkarte. Mein Herz schlug höher. Lächelnd sah ich auf, und der Mann nickte zufrieden.

»Eine großartige Idee«, meinte er anerkennend. »Sie werden zwei Decken brauchen. Wir leihen Ihnen gerne ein paar von unseren alten.«

Ich bedankte mich, faltete die Karte zusammen und ließ mir noch erklären, wie ich mit dem Bus zu dem Ort kommen konnte. Dann machte ich mich auf den Weg.

Der Bus brauchte ungefähr eine halbe Stunde. Von der Haltestelle aus bog ich in einen Feldweg ein und betrat schließlich einen Hain aus kleinen knorrigen Bäumen, wild wucherndem Gras und Büschen. Ein paar Affen hockten in den Baumkronen und beschimpften mich, vielleicht weil ich es in der Evolution ein kleines Stück weiter gebracht hatte als sie selbst. Unterwegs bückte ich mich und hob ein größeres Stück Rinde auf, das ich später noch brauchen würde. Je weiter ich voranschritt, desto weniger schien die Natur gewillt, dem Menschen Platz zu machen. Dieser Ort war alleine für sie reserviert, hier ruhte sie sich von den Menschen und deren Machenschaften aus. Ich musste eine ganze Weile suchen, bis das Gebüsch sich lichtete und eine Wiese freigab, in der sich ein paar zirpende Zikaden und Vögel vor dem zwanzigsten Jahrhundert versteckt hatten. Kleine Grashüpfer schnellten in die Höhe wie losgelassene Sprungfedern, als meine Füße über das Gras strichen.

Ungefähr in der Mitte der Wiese fand ich, was der Mann an der Hotelrezeption auf der Karte mit dem geheimnisvollen X markiert hatte. Ich setzte mich ins Gras und streckte prüfend meinen Arm aus, stand wieder auf, nahm das Stück Rinde, machte ein paar Tests damit und beobachtete dabei die Zeiger meiner Uhr, während ich mich langsam umdrehte. Dann untersuchte ich noch eine Stelle, die ein paar Meter weiter lag und brummte zufrieden. Alles war perfekt. Dieser Ort war wirklich wie geschaffen für mein Vorhaben. Namiko würde Augen machen.

Glücklich schlug ich mich durch den Hain zurück und fuhr mit dem nächsten Bus wieder in die Stadt. In der Nähe des Hotels fand ich einen Heimwerkermarkt, wo ich ein bisschen Holz, Leim und eine Laubsäge erstand. Die restlichen Sachen kaufte ich in einem Supermarkt.

In der Hotellobby bedankte ich mich noch einmal bei dem Mann an der Rezeption und nahm zwei ausgediente Wolldecken in Empfang. Dann ging ich auf mein Zimmer, packte meine Einkäufe aus und machte mich an die Arbeit.

20

Gegen Abend saß ich vor dem Eingangstor eines Shinto-schreins und wartete auf Namiko. Zwei steinerne Wäch-terfiguren mit aufgerissenen Mündern und grimmigen Gesichtern flankierten den Eingang und starrten mich aus toten Augen an, als wollten sie verhindern, dass das moderne Kyoto in die historische Stätte eindrang.

Ich malte mir aus, wie die Welt um mich herum wohl gewesen war, damals, als die Menschen die Natur weder erklären noch berechnen konnten und sie den Shintois-mus, den Weg der Götter, erfanden. Die Bank unter mir schien sich in einen uralten gefallenen Baumstamm zu verwandeln, und vielleicht hatte vor zweitausend Jahren genau hier ein Bauer seine steinerne Axt in den Baum gerammt, um ihm ein paar Scheite Brennholz abzuringen. Und womöglich erfüllte das merkwürdige Gebrüll eines unbekannten Tiers aus dem nahen Wald die Luft, oder das hohle Grollen des Donners, und der Bauer bekam es mit der Angst zu tun, weil er die Geräusche nicht einordnen konnte, besonders wenn es dunkel war. Und in seiner Angst ließ er die Axt fallen und floh in den nächsten Schrein, um zu beten.

Lange bevor es den Buddhismus gab in Japan, zelebrierten die Menschen den Shintoismus, bauten ihm Schreine, feierten Feste, erfanden Jagdriten und Fruchtbarkeitsrituale, verehrten das Unbekannte und die Geheimnisse des Lebens und fürchteten sich auch ein bisschen vor allem, was sie nicht verstanden. Alte Tonzylinder, von Archäologen mühsam den Verstecken der Geschichte entrissen, zeigen Menschen- oder Tierfiguren, die damals als Grabbeilagen dienten und uns heute Zeugen einer Zeit sind, die in den Schreinen der Naturreligion immer noch fortlebt. Und obwohl die Welt nicht mehr Natur ist, obwohl es im Shintoglauben keinen Gott im klassischen Sinne, keine Regeln und keinen festen theologischen Überbau gibt, und obwohl der Shintoismus im Buddhismus einen starken Konkurrenten bekam, lebt er unbeschadet weiter zwischen den modernen Bürohäusern von heute. Das Nebeneinander von gestern und heute in Kyoto, nahm ich mir vor, würde ich mir in den folgenden Tagen noch näher ansehen.

Ich starrte einer der Wächterfiguren direkt in die Augen und überlegte, was sie wohl im Laufe ihres Daseins schon alles zu Gesicht bekommen hatte. Den Meißel, der sie aus dem Fels befreit hatte, in dem sie unerkannt so viele Jahrtausende versteckt gewesen war. Den Bildhauer, der das Gesicht seiner Schöpfung ausgiebiger betrachtet hatte als das seiner eigenen Frau und der sich immer wieder nachdenklich am Kinn gekratzt hatte und in verantwortungsbewusstes Grübeln gefallen war, bevor er weitere Gesichtszüge in den Stein schlug, die sich nie wieder würden auslöschen lassen. Arbeiter, die die Figur an den Ort ihrer Bestimmung geschleppt hatten. Neugierige Shintopriester. Hunde, welche die steinerne Gestalt erschrocken angebellt hatten. Menschen, die in panischer Flucht vor einem Taifun vorbeigerannt waren. Zikaden und Vögel, die sich sorglos ins aufgerissene Maul gesetzt hatten, weil ein Stein für sie ein Stein blieb, egal, in welche Form man ihn gemeißelt hatte. Männer, die sich ehrfürchtig auf die Knie geworfen, und Kinder, die lachend Blumen in die Hand der Figur gestopft hatten. Eine Frau, die ein rotweiß gestreiftes Kleid trug, eine Studententasche um die Schulter hängen hatte und mich abwartend anlächelte. Namiko.

»Wenn ich euch beim Flirten störe, komm ich später noch mal wieder«, sagte sie belustigt und deutete auf die Steinfratze.

»Nichts da«, rief ich, griff nach meinem Rucksack und den beiden Wolldecken und sprang auf. »Wir haben noch was vor.«

Als wir im Bus saßen, stellte Namiko Fragen wie ein ungeduldiges Kind, aber sie wusste natürlich, dass sie keine Antworten bekommen würde, und fragte eher, weil es sich in einer solchen Situation gehörte, seine Neugier zum Ausdruck zu bringen. Während der Bus die Stadt hinter sich ließ, setzte die Dämmerung ein, und als wir ausstiegen und durch den Hain schritten, hatte der Abend den Tag so weit beiseite geschoben, dass das Schimmern des Mondes bereits durch die Bäume fiel.

Die Vollmondnacht war gerade zwei Tage her, sodass es nicht sehr dunkel war. Wir traten auf die Wiese und gingen ein paar Schritte.

»Da wären wir«, sagte ich und zeigte nach vorne.

21

Der kleine Bach durchzog die Wiese und plätscherte durch das Gras, nahm eine scharfe Kurve, als ob er es sich plötzlich anders überlegte, und floss neben seinem eigenen Hinweg wieder zurück, bevor er abbog und zwischen den Büschen verschwand.

In der Schlaufe, die der Bach bildete, breitete ich eine Decke aus und richtete darauf eine Flasche Sake, Datteln und Weintrauben, Papier, einen Stift und ein paar Wunderkerzen her. Ich stellte ein Windlicht auf, zündete es an und schob Namiko auf die Decke.

»Setz dich. Fühl dich ganz wie zu Hause«, sagte ich.

»Wo gehst du hin?«

»Nur ein paar Meter weiter. Ich bin gleich dort hinter den Büschen. Und behalt den Bach im Auge«, antwortete ich und ging los.

Ein paar Schritte entfernt, verborgen hinter den Sträuchern, legte ich die zweite Decke am Bachufer aus und packte die restlichen Sachen aus. Ich setzte mich so, dass links neben mir der Bach in Namikos Richtung floss und er rechts wieder bei mir ankam.

Auf das kleine Holzschiffchen, das ich gebastelt hatte, setzte ich einen Holzbecher, füllte ihn mit Sake und schloss den Deckel. Dann sah ich mich suchend um, fand schließlich das Gerippe eines Blattes, schrieb auf einen Zettel das Wort »Elfenflügel« und klemmte ihn zusammen mit dem Blattgerippe unter den Becher. Ursprünglich erfand man beim Fest des gewundenen Bachlaufs ganze Gedichte, aber es gibt viele Arten, poetisch zu sein. Ich entzündete eine Wunderkerze am Windlicht, stach sie in das Holz des Bootes, beugte mich über den Bach und ließ das Schiffchen mit seiner Fracht und der Funken sprühenden Kerze vorsichtig zu Wasser. Während ich dabei zusah, wie es langsam in Richtung Namiko davonschwamm, schob ich mir eine Dattel in den Mund und spuckte den Kern aus. Dann wartete ich.

Eine Viertelstunde später glitt eine flackernde Wunderkerze und ihr Spiegelbild im Wasser durch das Mondlicht auf mich zu. Ich beugte mich hinüber und fischte das Schiff aus dem Bach.

Namiko hatte eine kelchförmige Blüte hineingelegt und »Regentrinkbecher« dazugeschrieben. Ich ließ ihre Wunderkerze ausbrennen und riss einen dicken Grashalm aus der Erde, packte ihn mit der Bezeichnung »Ameisenhimmelsbrücke« ins Boot, trank Namikos Reiswein und füllte die Schale wieder auf. Mit einer neuen Wunderkerze trat das Schiff seine nächste Reise an.

So schickten wir uns schwimmende Boten der Poesie durch die Nacht. Namiko nannte einen vom Wasser rund gewaschenen Stein »Dinosaurierzeh«, ich ließ ihr einen kleinen Zweig als »Buschkobold-Arm« zukommen, und Namiko antwortete mit einem kleinen Faltbecher aus Papier, den sie mit Wasser aus dem Bach gefüllt hatte, das sie »Erdtränen« nannte. Ich stach eine Wunderkerze durch einen Zettel und schrieb »Höllenfunkenregen« darauf, und Namiko bedankte sich mit einer »Weltnabelschnur«, die in Wirklichkeit ein Regenwurm war, der in ein paar Brocken Erde steckte. Ein kleines Stück Rinde schickte ich als »Urkraftkruste« los, und von Namiko bekam ich drei Blumenstängel, die sie zu einem Ring geflochten und »Endlosfreundschaft« getauft hatte.

Als mein Sake fast leer und ich schon angeheitert war, legte ich eine Weintraube in die Holzschale und schrieb »So knackig siehst du heute aus.«

Namiko hatte ihre Antwort ebenfalls in die Schale gelegt, und als ich den Deckel öffnete, fand ich eine Dattel und einen Zettel mit der Aufschrift »Und so schrumpelig morgen.«

Ich lachte und überlegte, was ich als Nächstes tun sollte. Schließlich nahm ich Namikos Dattel und pulte den Kern heraus. Aus einer Weintraube nahm ich einen viel kleineren Kern, und dann legte ich beide nebeneinander in die Schale und schrieb: »Aber im Inneren wirst du größer.« Das Schiff verschwand Funken sprühend.

Es kam kein weiteres Schiff mehr. Namiko selbst trat durch die Büsche, setzte sich zu mir auf die Decke, legte einen Arm um meine Schultern und steckte mir eine Dattel in den Mund.

Als ich darauf biss, merkte ich, dass sie den Kern herausgenommen und stattdessen eine Weintraube hineingesteckt hatte.

22

Am nächsten Tag machte ich mich in Kyoto auf die Suche nach Weintrauben in Datteln.

In keiner anderen Stadt wird das Gewesene so liebevoll vom Jetzt umhüllt. Die Gärten und Tempelanlagen sind nur der eine Teil von Kyoto, ruhen wie örtlich betäubt inmitten der Hektik einer Stadt mit knapp eineinhalb Millionen Einwohnern und vierzig Millionen Touristen. So planvoll die Gärten, so planlos hat man, alle Artigkeiten der Städtebaukunst mit Füßen tretend, das neue Kyoto zusammengeflickt. Fast so, als müsste nach einem Krieg eine in den Erdboden gebombte Stadt an den Haaren aus dem Orkus wieder herausgezerrt und auf die Schnelle mit Beton gefestigt werden. Dabei ist es gerade Kyoto gewesen, das nach dem Dunkel des Zweiten Weltkriegs nicht verkratert aufwachte; angeblich, erzählte mir einmal ein amerikanischer Journalist, aus dem schlichten Grund, weil die Ehefrau des damaligen amerikanischen Oberbefehlshabers ihrem Mann zugeflüstert haben soll: »Bombardiere es, und sie werden uns nie vergeben!« Wegen des sanften Flüsterns einer Soldatenfrau blieb Kyoto mit seinen zweitausend Tempeln und Schreinen, mit seinem Kaiserpalast, seinen alten Vierteln und seiner über zwölfhundertjährigen Geschichte von den Narben des Krieges verschont. Ich dachte an den kleinen Jungen, der einst einen riesigen Baum am Ast berührt und fortgeführt hatte.

In Kyoto ersticken Vergangenheit und Gegenwart nicht im Entweder-Oder. Kyoto will das historische Museum Japans sein und gleichzeitig ein bisschen wie der Hexenkessel Tokyo. Die Kyotoer *McDonald's*-Filiale, die mit zwei Millionen verkauften Hamburgern ins Guinnessbuch der Rekorde aufstieg und so auch einigen Traditionalisten schnell das Maul stopfte, entstand gleich neben dem ältesten Restaurant Japans. Im Umfeld der Straße Shijo-dori prangt ein moderner Konsumtempel aus Beton – und oben auf seinem Dach ein buddhistischer Tempel.

An jeder Ecke stieß ich auf religiöse Stätten, aber auch auf die grellen Liebeshotels, die sich von den normalen dadurch unterscheiden, dass das Wort »Hotel« vor und nicht nach dem Namen steht: In diese Etablissements zieht es liebeshungrige Pärchen, die wegen der horrenden Großstadtmieten noch bei den Eltern wohnen; oder Ehepaare, deren eigene dünne Appartement-Wände jedem Liebesspiel eine inakzeptabel enge akustische Grenze setzen.

Die Kyoto-Universität ist die bekannteste unter einer Handvoll Hochschulen dieser Stadt, selbstverständlich überschattet von der hochbürokratischen Elite-Uni Tokyo. Aber viele japanische Wissenschaftler, die den Nobelpreis bekamen, waren aus Kyoto, weshalb Tokyo auch ein bisschen böse ist – die Stadt des Vergangenen stellt die Fortschrittmacher. Hier wuchert auch die moderne Industrie: Elektronik, Maschinenbau, Textiles; die Flüsse Kamo und Katsura wurden mit dem Lineal zu Kanälen strammgezogen, die nun problematische Restprodukte von zweitausend Färbereien mit sich führen.

Doch das, was Kyoto zur Wiege japanischer Kultur macht, hat die moderne Industrie nicht ins Aus schubsen können: winzige Werkstätten und Kunsthandwerker; kleine Läden, die handgefertigte Papierfächer verkaufen oder Kimonos oder japanisches Porzellan. Die Kalligrafie wurde hier geboren und die alten Holzschnitte aus der

Edo-Zeit, und hinter den papierenen Schiebetüren der historischen Viertel lebt diese Tradition weiter. Von der Stadtverwaltung subventioniert hängen die alten Holzfassaden am Tropf der Restauration. Fünfundvierzig Teehäuser und über zweihundert Bars beherbergt alleine die Pontocho, eine vierhundertachtzig Meter lange Gasse. Hier kann man sich verlieren in einer alten, quirligen Welt voller rätselhafter Geräusche und Gerüche, Teehäuser und kleiner Restaurants, in deren Hinterstuben exzellente Gerichte nach traditioneller Art gereicht werden. Fast-Food-Ketten, die die Stadt erobert haben wie bunte Fähnchen eine Landkarte, konnten die altehrwürdige Küche nicht verdrängen, sondern nur ergänzen. Die Küche Kyotos ist durchsetzt von den überlieferten Rezepten buddhistischer Tempel, insbesondere den *shojin-ryori,* den vegetarischen Zengerichten der Mönche.

Beim Tauziehen trägt mal das Jetzt und mal das Damals den Sieg davon. Die Tradition zwängt der Tollwut der modernen Architektur einen Maulkorb auf, weil ein Gesetz besagt, dass Gebäude die alten Tempel nicht überragen dürfen. Doch das 1993 gebaute Kyoto-Hotel ist bereits in Richtung Himmel ausgebüxt und mit sechzig Metern eindeutig höher als die ursprünglich erlaubten einunddreißig Meter. Auch das glitzernde Station Building des Hauptbahnhofs, vom Architekten Hiroshi Hara futuristisch in Szene gesetzt, ragt sechzig Meter in die Höhe. Doch auf der anderen Seite trug die Tradition wieder einen Sieg davon: Fünfzehn Jahre lang erwirkten die Mönche des Kiyomizu-Tempels eine gerichtliche Verfügung nach der anderen, um den Bau eines Betonblocks auf dem freien Grundstück vor ihrer Nase zu verhindern. Potenzielle Investoren verfielen scharenweise der Resignation, bis der Tempel das zweitausendfünfhundert

Quadratmeter große Grundstück letztlich selbst erstehen konnte – für eine Milliarde Yen; statt Wohnsilos entstand hier schließlich eine Gartenanlage des Tempels.

Natürlich lösen sich auch in Kyoto Spuren der Vergangenheit in Nichts auf, so wie Erinnerungen sich manchmal leise und unbemerkt verabschieden und nicht mehr zurückkommen. Aber vieles von dem, was war, wird gepflegt und beschützt. Und selbst dort, wo die Moderne das Äußere bestimmt, halten zumindest die Schriftzeichen das Innere fest: Auch der moderne Bahnhof schreibt sich mit einem Pferdesymbol im Schriftzeichen. Seine Form hat er verändert, aber das geschriebene Wort weist immer noch auf sein Wesen hin, auf sein nacktes Sein als Ort, an dem Reisende ankommen. Und auch wenn man im modernen Kaufhaus mit der Kreditkarte bezahlt, besteht das Schriftzeichen für »kaufen« weiterhin aus einer Muschel mit einem Fischernetz darüber. So wie Namiko es in den Sand geritzt hatte.

Heute, wo ich unsere Geschichte aufschreibe, habe ich begriffen, wie wichtig es sein kann, das Vergangene zu bewahren. Doch damals, als ich noch nicht wissen konnte, was passieren würde, empfand ich diesen Gedanken nur als eine nette, nostalgische Idee.

Ich hatte ja keine Ahnung.

23

»Ich glaube, es fängt an zu regnen«, sagte ich und deutete nach oben in die bleierne Armut eines lichtlosen Himmels.

Namiko und ich waren mit dem Traktor in die Natur hinausgefahren, lagen direkt neben einem kleinen See im hohen Gras und hatten, Hirten gleich, die Wolken beaufsichtigt, die sich wie flockige Schafe über den Himmel geschoben, das Blau aufgefressen und ein graues Nichts hinterlassen hatten, das sich nun immer dunkler färbte.

»Wir sollten das genießen«, schlug Namiko vor. »Regen ist umgekehrte Limonade.«

»Umgekehrte Limonade?«

»Ja. Bei der Limonade hast du eine Flüssigkeit, in der Luft nach oben steigt. Beim Regen ist es Luft, in der Flüssigkeit nach unten sinkt.«

Noch während sie sprach, stürzten sich die ersten Regentropfen wie kleine, wütende Kamikazeflieger auf den Boden, wo sie zu Spritzern zerschellten, die wie Wrackteile im Erdreich landeten. Innerhalb weniger Sekunden fiel ein gewaltiger Platzregen vom Himmel, der brausend die Baumkronen durchschlug und die Gräser krumm legte. Schilfhalme gingen in die Knie, und das schwirrende Rauschen von Wasser, das Luft zerreißt, vermischte sich mit dem Beifallssturm handförmiger Blätter in den Bäumen. Die Narben des Erdbodens wurden geflutet, und auf dem See neben uns schienen plötzlich Abertausende unsichtbarer Wesen über das Wasser zu tollen und mit ihren Füßen die Oberfläche aufzurühren. Milchige Dunstschleier erhoben sich aus dem erwärmten Boden wie irritierte Geister, die vom Klopfen des Regens aus dem Schlaf gerissen worden waren. Amorphen Seelen gleich waberten sie zwischen den Gräsern hervor und wurden von der Armee der Regentropfen in Fetzen gerissen. Die Zikaden waren entweder eingeschüchtert verstummt, oder sie kamen mit ihren Geigen nicht gegen das prasselnde Stakkato der Natur an.

Unsere Kleidung war sofort durchnässt und klebte aufdringlich wie ein Duschvorhang am Körper. Feuchte Haarsträhnen hingen wild in Namikos Gesicht, und der nasse Stoff ihres Kleids ließ auf gewissenlose Art durchschimmern, was er eigentlich bedecken sollte. Als ich aufspringen wollte, schubste sie mich laut lachend wieder ins nasse Gras zurück und begann eine wilde Rauferei mit mir, während die Regentropfen so heftig auf uns niederschossen, als seien sie außer sich vor Enttäuschung, dass wir uns nicht von ihnen in die Flucht schlagen ließen.

»Los!«, rief Namiko, sprang auf und boxte nach dem Regen. »Hilf mir, ihn fertig zu machen!«

Lauthals gingen wir zum Angriff über, tobten über die Wiese und schlugen mit rudernden Armen auf den Regen ein, traten jubelnd nach den Tropfen und taten so, als würden wir sie uns mit der flachen Hand zuschlagen wie Tennisbälle. Lachend stampfte Namiko mit den Füßen auf den nassen Untergrund und trat mit wischenden Beinbewegungen Fontänen aus dem Gras. Das Wasser lief in Strömen an uns herab, und jedes Mal, wenn ich auflachte, tränkte ein ganzes Geschwader von Regentropfen meinen Mund.

»Los, wehrt euch!«, feuerte Namiko die Tropfen an, wirbelte herum und stieß schließlich gegen mich. Sie geriet ins Stolpern, und ich fing sie auf.

Als sie meine Arme um ihren nassen Körper spürte, hielt sie plötzlich inne. Sie legte ihre Hände auf meinen Rücken und ihren Kopf an meine Schulter. Ich zog sie an mich heran, drückte mein Gesicht an ihre tropfenden Haare, und so standen wir da, bewegten uns nicht und genossen eine Weile die Nähe des anderen. Ich fühlte, wie ihr Brustkorb sich langsam hob und senkte und wie ihre Finger sich vorsichtig auf meinem Rücken bewegten. Wohltuend drückte ihr Körper meine nassen, kühlenden Sachen gegen die Haut, und als ich meine Umarmung verstärkte, fühlte ich, dass Namiko den Druck erwiderte. Schließlich legte sie langsam ihren Kopf in den Nacken, und ich sah ihr Gesicht.

Kleine Regenbahnen rannen in feinen Linien über ihre Haut, Wasser benetzte ihre Lippen und tropfte von ihrer Nasenspitze. Ihre Haare waren zu spitzen Strähnen zusammengeklebt und glänzten nass. Ihre Augen funkelten, als hätte sie Tränen darin, und ihre Nasenflügel bebten leicht. Hinter ihrer rechten Schläfe pochte kaum erkennbar eine kleine Ader, als klopfte das darin eingesperrte Leben von innen dagegen. Das Kleid war von ihrer linken Schulter gerutscht, an der ein verirrter Grashalm hing. Lange sahen wir uns an und schwiegen. Ich spürte kleine Explosionen im Bauch, während wir uns umfasst hielten und ich langsam in ihre Pupillen vordrang, die zwischen meinen Augen hin und her zu tänzeln schienen. Dass der Regen weiter auf uns einhämmerte, nahm ich nicht mehr wahr; ich sah nur noch Namikos Augen, die zu mir sprachen und etwas Bittendes und sehr Inständiges zu sagen schienen. Ihr Mund blieb geschlossen, ihr Gesicht war vollkommen reglos, und keine noch so kleine Geste durchfuhr ihren Körper.

Und doch begriff ich in diesem Moment.

Ich begriff, wer ich für sie war – und wer sie für mich sein wollte. Seit wir uns begegnet waren, hatte sich in ihr etwas aufgebaut, und das schaute nun aus ihren Augen heraus durch den Regen hindurch und in mich hinein. Jetzt, wo ich es spürte und in ihren beschwörenden Augen erblickte, kämpfte ich mit den Tränen, weil ich das, was sich in ihrem Inneren zusammengefügt hatte, bisher nicht genügend gewürdigt oder beachtet hatte. In diesem einen spontanen Moment spiegelte sich in ihren Pupillen das wider, was sie mir zuliebe bisher verborgen gehalten hatte.

Namiko wollte, dass ich bleibe.

24

»Bleiben« ist für einen Neunundzwanzigjährigen ein ziemlich kurzes Wort, wenn es eine so lange Zeit wie den Rest des eigenen Lebens umfasst. Besonders, weil sich in meinem Reiseführer die Zahl der Umgangsregeln und die der Sehenswürdigkeiten etwa die Waage hielten: In diesem Land gab es nicht nur viel zu entdecken, sondern auch viel zu beachten. Alleine die Höflichkeitsstufen der japanischen Sprache wurden als so verworren geschildert, dass noch nicht einmal Japaner sie vollständig begreifen würden.

Inzwischen hatte ich mir ein Lehrbuch für Japanisch gekauft – und war in jedem einzelnen Kapitel auf neue Probleme gestoßen. Dass Frauen andere Wörter benutzten als Männer, war da noch das geringste Übel. In diesem Land wurden tatsächlich Lebewesen anders gezählt als Gegenstände, längliche runde Dinge wiederum anders als flache und Vögel anders als Fische. Das roch nach Komplikationen.

Für einen Journalisten war das wichtigste Werkzeug die Sprache und deren Nuancen. Wie könnte ich in Japan Geld verdienen? Und wie all die Regeln des sozialen Umgangs lernen? Bliebe ich in einem Land, dessen Alltag derart von Etikette und Normen bestimmt ist, dass vieles eher an mechanische Abläufe als an menschliche Verhaltensweisen erinnert, dann stellte sich mit einer nicht unbeträchtlichen Dringlichkeit die Frage, was ich meiner eigenen Zukunft zumuten konnte.

Und wie sähe diese Zukunft aus? Was, wenn sich das, was zwischen Namiko und mir entflammt war, als Strohfeuer herausstellte? Würden wir, wenn irgendwann das Besondere dem Alltäglichen Platz machte, auch weiterhin mehr Zeit miteinander als nebeneinander verbringen? Wäre es schön, dauerhaft in einer gemeinsamen Wohnung zu leben? Würden wir uns nach wenigen Monaten auf die Nerven gehen? Oder an kulturellen Unterschieden scheitern? War es nicht überhaupt noch viel zu früh, um über Tiefergehendes nachzudenken? Sollten wir stattdessen nicht einfach warten, bis sie irgendwann ihr Studium in Kyoto beendet hätte, und dann käme sie, die ohnehin Deutsch sprach, einfach nach Hamburg? Könnte ich in Japan Freunde finden? Und Kyoto? Die Gärten und die alten Gassen der Innenstadt waren ein Traum, aber mein Gefühl von Heimat und Verbundenheit galt Hamburg, und Empfindungen ließen sich nicht so leicht umziehen wie Möbel. Einfach in Deutschland meine Zelte abzubrechen, schien mir ein ziemlich beunruhigendes Gedankenspiel. Einerseits.

Andererseits liegt manchmal die Bereicherung im Verzicht. Alles, was ich bisher mit Namiko erlebt hatte, war wie ein Versprechen, dass es um viel mehr ging als nur um den Augenblick. Und je länger ich meine Gefühle für sie erkundete, desto klarer wurde mir, dass es auch Spaß machen kann, seine eigenen Bedürfnisse hintanzustellen. Eva hatte immer so getan, als schlössen Verzicht und Selbstverwirklichung einander aus, aber manchmal führt vielleicht das eine erst zum anderen. Während bei Eva Selbstverwirklichung oft nur ein anderes Wort für Egoismus war, kam ich nun immer mehr zu einer Erkenntnis, die eigentlich nicht neu, sondern nur von Evas Denken beiseite gedrängt worden war: Sich zurückzunehmen ist nicht das Gleiche wie sich zu verleugnen. Und der Blick in Namikos Augen holte in mir das Gefühl zurück, dass es ein sehr schönes Geschenk sein kann, nicht nur für sich selber verantwortlich zu sein, sondern auch für jemand anderen und dessen Glück. Und dass für dieses Anliegen verzichten nicht unbedingt etwas mit »einengen« und »in einen Käfig sperren« zu tun hat, sondern mit der vielleicht schönsten Art von Freiheitsberaubung: sich vom anderen gefangen nehmen zu lassen.

Nach einem rotweinseligen Abend mit Freunden in Sallys Café hatte ich mein Auto stehen lassen und in Sallys benachbarter Wohnung auf dem Sofa übernachtet. Eva hatte mir deswegen eine Szene gemacht, obwohl sie selbst kurz davor mit einem ihrer Kollegen zum Skifahren in die Alpen geflogen war und sie dort zusammen in einer Berghütte übernachtet hatten. Aber dass jemand nicht die moralische Befugnis für ein Argument hat, bedeutet ja noch nicht, dass das Argument an sich falsch ist. In bestimmten Situationen bedeutet verzichten, den Erwartungen des anderen zu entsprechen – auch so ein

Phänomen, das Eva in etwas Negatives uminterpretiert hatte. Denn große Erwartungen an den anderen zu haben, ist nicht grundsätzlich verkehrt. Die des anderen zu erfüllen, erst recht nicht.

Als Namiko und ich uns irgendwo mitten in Japan im Regen gegenüberstanden und ich in ihrer Seele ihre Wünsche las, spürte ich, dass es auf diesem Planeten vermutlich nichts Schöneres für mich geben könnte, als ihretwegen auf ein paar Dinge zu verzichten.

25

»Was ist mit deiner Mutter?«, fragte ich.

Wir saßen in einem kleinen Restaurant im alten Geishaviertel Gion und aßen Suppe.

Namiko blickte gedankenverloren in ihre Schale und fischte mit dem Löffel ein paar gelbe Maiskörner heraus, als schürfe sie Goldnuggets. Die Geräusche um uns herum schienen plötzlich ein bisschen leiser zu werden. Unter dem Tisch schob ich meinen Fuß vor und schmiegte ihn vorsichtig an Namikos Bein.

»Sie ist tot«, antwortete sie schließlich, aß den Mais und tauchte den Löffel wieder in die Suppe ein, wo sie ihn langsam kreisen ließ und nachdenklich dabei zusah, wie einzelne Gemüsestücke an die Oberfläche getrieben wurden und wieder versanken. Ich sagte nichts und wartete.

»Sie ist bei meiner Geburt gestorben«, sagte Namiko dann, schaute von der Suppe auf und sah mir mit einem kleinen Lächeln ins Gesicht. Ich erwiderte ihren Blick.

»Ich hab mich in ihr vielleicht einfach zu wohl gefühlt. Jedenfalls wollte ich nicht heraus, und als es dann endlich so weit war, hatte sie ziemlich viel Blut verloren und war am Ende ihrer Kräfte. Ihr Herzschlag setzte aus. Genau in dem Moment, als die Ärzte die Nabelschnur durchtrennten, verstehst du? Ich glaube, mein erster Schrei war das Letzte, was sie in ihrem Leben hörte. Sie war so entkräftet, dass sie wahrscheinlich nicht einmal gemerkt hat, was mit ihr passierte. Mein Vater hielt verzweifelt ihr Gesicht in seinen Händen, aber sie schickten ihn raus, während sie versuchten, meine Mutter wiederzubeleben. Als er wieder hereingeholt wurde, war seine Frau tot und seine Tochter am Leben.«

Ich schluckte einen Kloß hinunter.

»Meinem Vater habe ich es zu verdanken, dass ich damit leben kann«, erzählte Namiko weiter und berührte mit ihren Fingern meinen Handrücken, als sei ich derjenige, der getröstet werden müsste. »Er hat mich ins Leben hineingetragen, mir blühende Kirschbäume, plätschernde Bäche und funkelnde Sterne gezeigt und mich im Herbst lachend mit buntem Laub beworfen. Und statt ein schlechtes Gewissen zu haben, dass ich leben darf und meine Mutter nicht, fühle ich mich dank seiner Hilfe gleich doppelt eingeladen, die schönen Seiten des Daseins zu erkennen.«

Sie nahm einen Löffel Suppe und zuckte dann lächelnd mit den Schultern. »Schließlich hat ein Mensch sein Leben gelassen, damit ich meines bekomme. Mein Vater wollte mir vor allem eins zeigen: Was meine Mutter angeht, trage ich keine Schuld, sondern eine Verantwortung. Und meine eigene Existenz ist eine so einzigartige Sache, dass ich sie ohne Selbstvorwürfe ganz besonders genießen darf. Er hat in mir nie diejenige gesehen, die ihm seine Frau nahm, sondern immer ein gerettetes Abbild der Liebe, die sie beide miteinander hatten.«

»Wann hat er angefangen, sich für Koans zu interessieren?«, fragte ich, und Namiko nickte.

»Deine Vermutung ist richtig. Es war nach dem Tod meiner Mutter. Damals begann er, Zentempel zu besuchen und mit den Priestern zu sprechen. Er konnte keine Antwort auf die Frage finden, die Menschen sich in solchen Situationen immer wieder stellen: Warum passiert so etwas Grauenvolles? Und die Koans sollten ihm helfen, das Denken und die ewige Suche nach einer logischen Erklärung auszuschalten und sich statt auf die Frage nach dem Sinn mehr auf die nach dem Sein zu konzentrieren. Er nahm oft stundenlang an Sitzmeditationen teil. Damals begann er übrigens auch mit dem Flötenspielen. Ich glaube, er spielt deshalb so intensiv, weil er dabei immer an meine Mutter denkt.«

»Er ist sicher manchmal sehr traurig.«

»Ja, das ist er. Und ich weiß es sehr zu schätzen, dass er mich trotz seiner eigenen schwermütigen Erinnerungen zu einem glücklichen Menschen herangezogen hat. Dafür liebe ich ihn ganz besonders.«

Namiko lächelte dankbar, trank den letzten Schluck ihrer Suppe direkt aus der Tasse und stellte die leere Schale so entschlossen auf den Tisch zurück, als markiere das Ende der Suppe auch das des Gesprächs.

»Hast du auch etwas, was du ganz besonders liebst?«, fragte sie dann.

»Hab ich«, sagte ich einfach und blickte sie an.

26

Die Nacht war schon angebrochen, als ich in meinem Hotelzimmer lag. Namiko hatte mich an die Tür gebracht und zum Abschied in den Arm genommen.

Ich zog mir die Decke bis zum Hals hoch und wickelte mich darin ein, als wäre sie ein Kokon, aus dem man nach einer Metamorphose als neues Wesen wieder hervorkäme. Namiko trug ein schweres Schicksal tief in sich drin, ging mir durch den Kopf. Und dennoch jammerte sie nicht, sondern hatte ganz im Gegenteil beschlossen, die schönen Seiten des Lebens wichtiger zu nehmen als die schlechten. Vielleicht sollte ich das auch tun und mich fragen, ob die Probleme, die ich befürchtete, wenn ich in Japan bliebe, womöglich gar keine Probleme waren.

Kann sein, dass wir zur Wehleidigkeit neigen und diese sogar ein bisschen lieben. Vielleicht legen wir auch den größten Glückszustand mit Worten in Schutt und Asche, weil wir die Dinge lieber negativ sehen wollen. Selbst wenn es uns gut geht, verbringen wir viel Zeit damit, nach dem Aber zu suchen. Ich dachte an den Schriftsteller Friedrich Sieburg, der dieses Phänomen in den 60er-Jahren einmal »Gedränge unter dem Fallbeil« genannt hatte. Warum klammerte ich mich so an all die Nachteile, die eine Entscheidung für Namiko vielleicht mit sich bringen könnte? Hatte ich nur Angst vor dem Unbekannten, oder war ich längst der gesellschaftlichen Tendenz zum Opfer gefallen, bei allem verstärkt die Schattenseiten zu sehen?

Als der Mensch im 18. Jahrhundert den Pessimismus erfand, war er noch ein intellektuelles Inselchen, in Beschlag genommen von Schöngeistern mit scharfen

Augen und dem Mut, das Schlechte endlich lautbar zu machen. War der Pessimismus inzwischen zur Schwarzseherei geworden, und sah auch ich zu schwarz? Wenn ich es darauf anlegte, konnte ich natürlich alles zum Dilemma erklären. Nach Hamburg zurückzugehen war ein Dilemma – in Kyoto zu bleiben auch. Nicht zu wissen, was von beidem richtig war, ebenfalls.

Ich wälzte mich auf die Seite und blickte aus dem Fenster in den Himmel hinein. Möglicherweise hatte ich zu sehr verinnerlicht, dass man als Bedenkenträger scheinbar besser durchs Leben kommt. Immerhin verwechseln wir heute gerne optimistisch mit blauäugig und pessimistisch mit kompetent. Der Glückliche gilt eher als ein Faulenzer, ein Trittbrettfahrer, dessen Glück womöglich auf Kosten anderer geht. Er macht sich ein schönes Leben und ruht sich auf seinen Lorbeeren aus. Wer auf einer Ausstellung ein Bild schön findet, verschließt sich den Katastrophen dieser Welt. Wer es schlecht findet, weist sich als vermeintlicher Kenner aus, täuscht Kompetenz vor und wirkt wie jemand, der sich nichts vormachen lässt. Kritische Sicht gilt als Zeichen von Reife: Schließlich tappt man nicht mehr naiv mit großen Kinderaugen durch die Welt und lässt sich von allem gleich begeistern. Man ist halt erwachsen geworden.

Vielleicht bin ich heute, mit achtundvierzig, jünger als damals mit meinen neunundzwanzig Jahren. Denn inzwischen glaube ich nicht mehr, dass pessimistisches Denken einen im Leben viel weiterbringt oder einen grundsätzlich vor Fehlentscheidungen bewahrt. Im Gegenteil, ich habe gelernt, dass der fröhliche Blick aufs Leben die Dinge zum Leuchten bringt. Was nützt es, wenn Nörgelei dich kompetent wirken lässt, aber unglücklich macht?

Heute bin ich so weit, dass ich mir ein mittelmäßiges Klassikkonzert anhören und mich daran erfreuen kann, denn meine Wahrnehmung sucht sich nicht mehr die Minuspunkte aus dem Geschehen heraus, sondern den Gewinn. Dieses Umdenken setzte langsam ein, als ich nach Japan reiste und Namiko meinen Weg kreuzte.

In jener Nacht sollte ich nur wenig Schlaf finden. Namiko hatte den durch ihre Geburt ausgelösten Tod der eigenen Mutter überstanden, weil sie gelernt hatte, nicht nur auf das Schlechte zu achten. Irgendwie schien das alte Leben sogar in dem neuen fortzudauern, auch nachdem es vordergründig auf so dramatische Weise beendet worden war. Und Namiko hatte ihre eigene Existenz und das Opfer ihrer Mutter genutzt und sich ein sehr lebensbejahendes Dasein geschaffen, voller Optimismus und Zufriedenheit. Und im Vertrauen auf das, was kommen würde.

Und ich wagte seit Tagen nicht, mein altes Leben um ein neues zu bereichern.

Plötzlich fühlte ich mich arm.

27

Was von Anfang an einen großen Zauber auf mich ausgeübt hatte, war Namikos Art, gemeinsame Zeit zu gestalten. Natürlich gingen wir auch zusammen essen, machten es uns vor dem Fernseher gemütlich oder bummelten durch die Geschäfte Kyotos.

Aber da war noch mehr.

Zu ihren Lieblingsbeschäftigungen gehörte es, mit mir in einem Park zu sitzen, die vorübereilenden Menschen anzusehen und zu ihnen fantasievolle Lebensgeschichten zu erfinden. Eines Morgens lagen wir auf einer Wiese, tranken kalten grünen Tee und beobachteten die Parkbesucher.

»Der da!«, flüsterte Namiko plötzlich und deutete auf einen jungen Mann mit einer knallroten Baseballkappe und einer Sonnenbrille auf der Nase.

»Was ist mit dem?«, fragte ich.

»Ist frisch verliebt und gerade zu seiner neuen Eroberung unterwegs. Siehst du nicht, wie viel Zeit er heute im Bad verbracht und wie oft er seine Wirkung im Spiegel betrachtet hat? Und natürlich hat er sich tausend Gedanken über den ersten Satz gemacht, mit dem er sie ansprechen will. Diesen Satz trägt er gerade zu ihr.« Wir lachten, und Namiko deutete auf eine alte Frau, die hinter dem Jungen mit der Baseballkappe den Weg entlang kam. »Schau sie genau an. Sie hat viel erlebt. Den ganzen Krieg hindurch hat sie auf die Rückkehr ihres Mannes gewartet und sich die Augen ausgeweint. Und es hat lange gedauert, bis sie schließlich jemand anderen geheiratet und mit ihm zwei Kinder in die Welt gesetzt hat.«

»Wohin geht sie gerade?«

»Sie ist unterwegs zu ihrem Sohn, der jeden Morgen mit dem Frühstück auf sie wartet, um ihr Tag für Tag dafür zu danken, dass sie ihm das Leben geschenkt hat. Und dieser Geschäftmann da hinten, der mit der Aktentasche in der Hand. Darin sind sicher Dokumente, die den Verkauf des Hauses der alten Frau rechtskräftig machen, weil auf dem Grundstück ein neuer Supermarkt errichtet werden soll. Er ahnt natürlich nicht, dass die Frau gerade denselben Weg geht wie er. Und ihn plagt ein schlechtes Gewissen, weil er persönlich das Haus der alten Dame lieber stehen lassen würde, zumal seine eigene Mutter in einem ganz ähnlichen Haus lebt.«

Namiko trank vom Tee, und die alte Frau und der Geschäftsmann verschwanden. Als ich mich gerade auf den Rücken legen und die Augen schließen wollte, kam ein alter Mann vorbeigehumpelt, dessen Gesicht von Narben und Wunden entstellt war, und Namiko stieß mich an. »Dieser Mann musste kurz nach seiner Heirat in den Krieg ziehen und ist in die Nähe einer explodierenden Granate geraten. Danach hat er sich nicht zu seiner Frau zurück getraut.«

»Warum nicht?«

»Aus Angst, sie ganz zu verlieren.« Namiko machte eine kurze Pause, um den Gedanken wirken zu lassen. »Und jetzt, viele Jahre später, steht er immer noch jeden Abend vor dem Haus seines alten Mädchens und blickt heimlich durch die erleuchteten Fenster in ihr Leben hinein. Und wenn sie auf die Straße tritt, um den Müll rauszutragen, versteckt er sich schnell hinter ein paar Büschen. Er beobachtet auch ihre Tochter und weiß deshalb, dass sie in letzter Zeit heimlich einen jungen Mann mit knallroter Baseballkappe und Sonnenbrille trifft. Was er nicht weiß, ist, dass das Haus bald abgerissen und an derselben Stelle ein moderner Supermarkt errichtet wird.«

Für Namiko waren alle Dinge auf magische Weise irgendwie miteinander verknüpft.

Bei einem anderen Spiel Namikos brachte sie mich mitten in die Natur, schloss ihre Augen und drehte sich im Kreis. Dann blieb sie stehen, zeigte mit dem Finger nach vorne und öffnete ihre Augen, und wir mussten so lange wie möglich in diese Richtung marschieren, egal welche Hindernisse sich uns in den Weg stellten. Wir wateten durch Bäche, kletterten über Zäune, stiegen über Heuballen, liefen laut muhend zwischen Kuhherden hindurch und schlugen uns durch dichte Maisfelder. »Die Dinge nehmen, wie sie kommen« nannte Namiko ihr Spiel.

Wir haben auch nachts den Vollmond angeheult und abends übermütig die Sonne beim Untergehen angefeuert, und niemals hatten wir das Gefühl, etwas Peinliches zu tun. Was andere Leute dazu sagen würden, wenn sie uns beobachtet hätten, war mir immer egal gewesen. Entscheidend war, dass Namiko und ich dem Leben so viel Wundervolles abgewinnen konnten.

Und so geschah das Wundervollste, was ein Mensch erleben kann, als ich neunundzwanzig Jahre alt war, weit weg von meiner Heimat und zusammen mit einer Frau, die ich gerade erst kennengelernt hatte.

28

Den Tag, an dem es passierte, fühle ich noch heute.

Mit Namikos Traktor waren wir eine ganze Weile durch die Felder gefahren, bis sie ihn schließlich an einem Waldrand parkte und wir zu Fuß in die Baumwelt eintraten. Es gab nicht einmal einen Trampelpfad, und wir streiften durch das Unterholz und genossen das einsickernde Sonnenlicht, welches das Grün von den Blättern abzuwischen schien und es hier unten in der Luft verteilte. Äste knackten unter unseren Schuhen, aufgescheuchte Insekten summten davon, und ein paar Waldvögel piepsten Akzente ins allgemeine Geraschel. Von irgendwoher wehte der Duft von frisch geschlagenem Holz herüber.

Die Lichtung lag so unvermittelt vor uns, als sei sie ein plötzlicher Geistesblitz der Natur. Umrahmt vom Wald lag hier eine Wiese so groß wie der Garten der Mondseufzer und so verschwiegen wie ein unentdeckter Bergsee. Einzelne Gräser überragten das sonnengeflutete grüne Meer und wehten kaum merklich hin und her. Blüten sprenkelten die Wiese mit gelben und roten Tupfen. Auch die unsichtbaren Zikaden waren wieder da. Vielleicht folgten sie uns?

Respektvoll zogen wir unsere Schuhe und Socken aus, und als wir über die Wiese gingen, glitt Namikos Hand in meine. Meine Finger umschlossen die ihren, und ein aufregendes Gefühl durchfuhr meinen Bauch. Während das Gras über unsere Füße kitzelte, berührten sich unsere Arme. Das Empfinden verdichtete sich.

Ich glaube, wir wussten beide, was geschehen würde. Es lag einfach in der Luft wie das Nahen des Frühlings oder die Ankunft von Freunden, die man jede Minute erwartet. Als wir schließlich mitten auf der Lichtung stehen blieben, drehten wir uns einander zu, und ich griff nach ihrer anderen Hand. Namiko schob ihre Finger zwischen meine und blickte mir direkt in die Augen. Unser ganzes Handeln war ein einziges großes Ja, und als ihr Gesicht sich meinem näherte, wusste ich plötzlich, was Einswerden bedeutete.

Meine Augen schlossen sich von selbst, als ich Namikos Lippen spürte. Sanft schmiegten sie sich an meine, wie das Streifen eines Seidenschals, und die Magie der vorsichtigen Berührung saugte alles Denken aus meinem Kopf und ließ nur noch Sein übrig. Ihre Lippen öffneten sich neugierig ein kleines Stück, und wie in Trance begann ich ihr zu antworten. Zärtlich rieb sie ihre Nase an meiner, während ihre Hände sich aus den meinen lösten. Unendlich langsam glitten sie an mir entlang, über meine Brust hinweg und meinen Hals hinauf, und schließlich fühlte ich ihre Finger in meinem Nacken und in meinen Haaren. Unsere Lippen bewegten sich sinnlich aneinander, fast berührungsfrei und wie in Zeitlupe. Ich schob eine Hand unter ihr Haar, die andere ließ ich über ihren Rücken streichen. Als ihr Körper sich an mich schmiegte und ich ihre Nähe spürte, schlug mir das Herz bis zum Hals, und ich merkte, dass Namiko zitterte.

Niemals zuvor hatte ich einen solchen Augenblick erlebt. Namikos erster Kuss ernährte sich nicht nur von der Gegenwart, sondern auch von all den wundervollen Erlebnissen, die wir in den letzten Wochen miteinander geteilt hatten. Ich fühlte ihre Hände und ihre kraulenden Finger, aber ich fühlte auch den Bauch jener Namiko, die mit mir Traktor gefahren war, die Brüste der Frau, die mir die Schriftzeichen erklärt hatte und den Unterleib jener Namiko, die heimlich mit mir durch einen zauberhaften Garten geschlichen war.

Während wir dastanden und uns küssten, hatte, glaube ich, jemand die Welt ausgeblendet. Nichts war mehr da. Die Wiese nicht, die Bäume nicht, es gab keine Eva mehr und kein Hamburg, es gab nur Namiko und mich, und selbst das ist nicht sicher. Möglich, dass wir in diesem Augenblick ein einziges Wesen waren.

Warum ich noch atmen konnte, weiß ich nicht. Wie lange ich nichts weiter spürte als ihre sich zärtlich bewegenden Lippen und ihren anschmiegsamen Körper, kann ich nicht sagen. Wie es mir Stunden später gelang, meinen Verstand wiederzufinden, ist mir ein Rätsel. Die durchdringende Nähe, die sie mir schenkte, lässt mich heute vermuten, dass ich bis zu diesem Kuss noch nie wirklich geküsst hatte. Vielleicht war das das Geheimnis der Kiefern: Warten macht Dinge intensiv.

Namikos Liebkosungen schienen kein Ziel zu haben. Ihr Kuss war ein Kuss und nicht die Vorbereitung auf mehr, jedenfalls empfand ich es so. Er war nicht wie ein Vorspeisenteller, den man schnell leert, ohne ihn wirklich zu genießen, weil man auf dem Tisch Platz für das Hauptgericht schaffen will.

Namikos Atem strich über meine Haut. Haarsträhnen, die ihr ins Gesicht gefallen waren, streiften meine Wangen. Ich spürte, wie ihr Kinn sich bewegte und ihre Finger sich aus meinen Haaren lösten und sachte über meine Augenbrauen und meinen Nasenrücken streichelten.

Es dauerte lange, bis wir ins Gras sanken. Vorsichtig glitt ich über sie und suchte wieder nach ihrem Mund. Sie umarmte mich und zog mich an sich. Meine Lippen lösten sich von ihren, berührten die Stelle zwischen

Oberlippe und Nase und küssten sich dann ihren rechten Nasenflügel entlang, über ihr geschlossenes Auge hinweg und über ihre Schläfe. Namiko keuchte leise, und mein Mund setzte seine Reise fort an ihrem Ohr vorbei und an der Seite ihres Halses hinab bis zu der kleinen Vertiefung an ihrem Halsansatz.

Ihre Hände schienen überall zu sein, und ich fühlte, wie ihr ganzer Körper an meinem rieb. In der Stille der Lichtung nahm ich das Rascheln ihres Kleides wahr. Namikos nackte Füße berührten meine, und als ich mich an ihrem Hals und über ihr Kinn zu ihren Lippen zurück küsste, öffnete Namiko zwei Knöpfe meines Hemdes und schob ihre Hand in die Öffnung. Ich fühlte ihre Finger auf meiner Haut und ging in einem Strudel aus Schwindelgefühl und Erregung verloren.

29

Es fühlte sich an, als sei die Schwerkraft aufgehoben worden und als würden wir in einem Raum, in dem neue Naturgesetze galten, haltlos nach oben fallen. Der Kuss auf der Wiese hat in meiner Erinnerung einen Anfang, aber kein Ende, doch irgendetwas musste uns aufgefangen und wie mit unsichtbaren Schwingen in Namikos Appartement getragen haben. In dem Moment, wo meine Erinnerung wieder aufblendet, hielten wir uns im Arm, blickten uns lange in die Augen, und obwohl ich gar nichts gesagt hatte, bemerkte Namiko schließlich leise: »Ich dich auch.«

Meine Hände strichen an den Seiten ihres Halses hinab und nahmen auf dem Weg über ihre Schultern die Träger ihres Kleides mit. Flüsternd glitt es über ihre Haut und legte sich um ihre nackten Füße zu einer Stoffblüte zusammen. Während ich ihre Haut ertastete, flutete dieses Gefühl behutsamer Ehrfurcht in mich hinein, welches einem zeigt, dass man liebt. Meine Finger strichen über ihr Gesicht, als könnten sie nicht glauben, dass sie wirklich vor mir stand, und suchten dann langsam ihren Weg Namikos Kinn und Hals hinab, während Namiko meinen Mund mit flüsternden Küssen liebkoste. Ihre Hände befreiten mich aus meinen Kleidern, und dann glitten wir in ihr Bett. Namiko liebte und tastete sehr neugierig, und wir durchlebten eine Nacht voll von jenen Berührungen, die außen heraufbeschworen werden und innen geschehen. Namiko glitt vollkommen in mich hinein, und wenn ich sie berührte, war mir, als spürte ich das auch auf meiner eigenen Haut. Zum ersten Mal in meinem Leben wurde mir beim Lieben schwindelig, und immer wieder tanzten diese kleinen schwarzen Punkte vor meinen Augen. Wir öffneten kleine Schatzkisten, in denen sich auf magische Weise größere befanden.

Namiko konnte wundervoll intensiv nehmen, was es umso aufregender machte, ihr zu geben. Sie nahm wie eine durstig Trinkende, die in kleinen Schlucken Befriedigung fand, und ich fühlte mich wie ein Erlöster. Es ist berauschend, wenn ein Mensch geben kann – aber es ist noch viel atemberaubender, wenn jemand nehmen, zulassen, sich fallen lassen, vertrauen kann. Namiko und ich fielen durch eine zeitlose Nacht hindurch, in der es kein oben und unten, kein du und ich, kein gestern und morgen und kein Geländer zum Festhalten gab. Stattdessen gab es viele Antworten, zu denen niemand die Frage gestellt hatte, tausend kleine Dinge, die von wirklicher Größe waren, und viel zärtliches Lächeln im richtigen Augenblick. Sinnlichkeit und Langsamkeit, Miteinander und Füreinander. Alles war sehr spielerisch und doch kein Spiel.

Wir waren sehr viel unterwegs in dieser Nacht, und ich erweiterte dabei meine bisherigen Grenzen, denn das Berührbare war plötzlich größer als der Körper selbst.

Ich fand heraus, dass Küsse auf den Nacken sie fast verrückt machten, dass sie meine Hand in ihrer Kniekehle als Aufforderung empfand, mich mit ihren Beinen zu umschließen, und dass sie plötzlich aufmerksam und mit versiegendem Atem innehielt, wenn ich die Kuhle oberhalb ihres rechten Beckenknochens küsste. Ich entdeckte, dass sie in meinen Armen zu vibrieren begann wie eine angezupfte Zithersaite, wenn ich ihr beim Küssen mit dem Daumen hinter dem Ohr entlang strich. Ich fühlte, dass Langsamkeit sie aufwühlte und Sanftes sie heftig erregte. Ihre geschlossenen Augen und ihr leicht geöffneter Mund waren ein Zeichen dafür, dass sie gerade besonders intensiv den Wirkungen einer Berührung nachspürte. Und ich entdeckte, dass Namikos Kopf in meine Armbeuge passte, als sei er dafür bestimmt; dass ihre Haare sich auf meiner Haut anfühlten wie Gaze und dass unsere Bewegungen so vollkommen miteinander harmonierten wie die pulsierenden Kammern eines Herzens.

Namiko erschien mir wie ein magisches Wesen, das sich anders bewegte, das anders empfand und das mich selbst in etwas anderes verwandelte. Unsere Beziehung erlebte in dieser Nacht eine Verwandlung und bekam, bereichert durch noch mehr Vertrauen und noch mehr Geheimnisse, die nur wir beide teilten, starke Flügel, die uns über jede Zerklüftung der Welt hinwegtragen konnten. Mir wurde in dieser Nacht klar, dass ich niemals wieder mit einer anderen Frau würde schlafen können, und das war ein überwältigendes Gefühl. Ich glaube, wir haben in dieser Nacht das Wesen der Sexualität über ihre Form gestellt. Darum fand ich plötzlich die Berührung so vieler Stellen wunderschön, die in keinem Biologiebuch der Welt als erogene Zonen aufgelistet waren. Darum löste es so viel in mir aus, wenn Namikos Mund mit halb geöffneten Lippen gerade noch spürbar meinen Hals herabschwebte. Darum benebelte es meine Sinne, wenn ihre Finger zwischen meine Finger glitten. Darum fand ich es so berauschend, wenn ihr Fuß an meinem Bein entlangstrich. Darum beschleunigte sich mein Herzschlag, sobald Namikos Lippen mein Ohr so behutsam küssten, als würden sie an einem heißen Getränk nippen.

Später, als wir im Halbdunkel lagen, fiel mir ein Koan ein:

Beim Betrachten des Mondes fragte Kyozan: »Wohin geht die Rundung des Mondes, wenn er zur spitzen Sichel wird?« Sekishitsu antwortete: »Wenn er spitz ist, dann ist er trotzdem rund.«

Was den Mond wirklich charakterisierte, was ihn auszeichnete, was den Mond zum Mond machte, war nicht seine Form, sondern sein Wesen. Nicht das äußerlich Erkennbare, sondern das, was darin verborgen lag.

Namiko schien zu spüren, dass ich über etwas nachdachte, und ihre Finger glitten sanft über meinen bebenden Bauch und berührten meine Haut so vorsichtig, als könnte sie sich daran verletzen.

»Was ist?«, fragte sie.

»Ich denke gerade darüber nach, dass man manchmal den Schenkenden mehr spürt als das Geschenk selbst«, sagte ich. »Wenn man ihn heftig liebt.«

»Liebst du mich heftig?«

Ich lächelte.

»Schön«, sagte sie und lächelte zurück. »Dann wird vieles möglich. Bestimmte Punkte berühren kann jeder. Ein Herz berühren nicht.«

30

Es war Namikos Idee, unsere neue Nähe zu feiern und übers Wochenende noch einmal ans Meer zu fliegen. Was für ein schöner Gedanke, über den ersten Kuss und die erste gemeinsame Liebesnacht nicht einfach hinwegzugehen, sondern beidem jenen zeremoniellen Charakter zu verleihen, den andere durchdringende Ereignisse ja auch haben. Niemand würde heiraten oder von einem Jahr ins andere wechseln, ohne mit irgendeiner Geste zu würdigen, dass etwas Neues beginnt.

Gleichzeitig spürte ich, wie mir die Tage und Stunden durch die Finger rannen wie feiner Sand. Früher oder später würde ich eine Entscheidung treffen müssen. Ich konnte nicht ewig in diesem Zustand zäher Unschlüssigkeit verharren, als dürfe man an einer Gabelung auf eine Pausetaste drücken, und das Leben hielte einfach an und wartete nachsichtig, bis man sich entschieden hatte, welchen Weg man einschlagen wollte.

Und spätestens seit ich im Regen in Namikos Augen geblickt und mit ihr die Nacht verbracht hatte, quälte mich mein Gewissen. Sie verdiente eine klare Entscheidung.

Namiko hatte uns auf Ishigaki ein kleines Appartement in der Nähe des Meeres besorgt, mit Tatami-Matten, Papierschiebewänden und einem Bad mit einer großen Holzwanne. Neben der Eingangstür stand eine alte Angel, und ich beschloss, im Laufe des Wochenendes ein paar Fische zu fangen und zuzubereiten. Wir luden unsere Taschen ab, zogen bequeme Sachen an und gingen zum Strand.

Wenn die Sonne scheint, ist der Pazifische Ozean, der über Ishigakis Küsten streicht, von einem tiefen, magischen Blau. Beinahe wellenlos schiebt sich dann die Wasserlinie über schneeweißen Sand aufs Land hinauf und gleitet wieder hinunter. Am Horizont geht die See scheinbar nahtlos in den Himmel über, und nur wenn man genau hinschaut, kann man erkennen, dass es eine feine, verschwommene Grenzlinie gibt, die verhindert, dass Wasser und Himmel ineinanderfließen.

Namiko und ich schlenderten mit nackten Füßen über den Strand. Ich spürte, wie der Sand zwischen meinen Zehen hervorquoll wie Lava aus den Ritzen undichten Gesteins, und wir schmiegten uns aneinander, als seien wir miteinander verwachsen. Fast den ganzen Tag gingen wir ohne das Gefühl von Zeitverschwendung an der Küste entlang. Wenn wir zwischendurch stehen blieben und uns küssten, schmeckten unsere Lippen nach Salz.

Gegen Abend zeigte mir Namiko ein kleines, gemütliches Restaurant mit dem Namen ›Glück‹, das von einer Frau und ihrer Tochter betrieben wurde und in dem wir aßen wie im Garten Gottes. Wir bestellten kleine Teller und Schüsselchen, gefüllt mit Köstlichkeiten der japanischen Küche, deren feiner Geschmack sich unaufdringlich und sanft offenbarte. Wir aßen Sashimi, rohen Fisch, der mir wegen seines naturbelassenen Aromas sehr gefiel, und Namiko bestellte ein paar Gerichte, bei denen es nicht auf den Geschmack ankam, sondern darauf, wie sie sich im Mund anfühlten. Die beiden Frauen setzten sich neugierig zu uns an den Tisch, und weil die Tochter schon ein paar Mal in Deutschland gewesen war, bekamen Namiko und ich einen für Ishigaki typischen, fein gewobenen Tischläufer geschenkt. Heute, viele Jahre später, liegt diese Decke noch immer auf meinem Esstisch wie ein Bote aus vergangenen Zeiten.

Wir verabschiedeten uns spät am Abend und gingen nach Hause. Bei halb geöffneter Tür nahm Namiko ein heißes Bad in der Holzwanne. Ab und zu hörte ich sie leise plätschern, und schwere Dampfgeschöpfe schlichen aus dem Bad heraus vor die Tür und lösten sich auf. Gelbrotes Licht schimmerte durch den Dunst hindurch und verlieh der Tür den Reiz einer mystischen Pforte, von der die Hände der Vernunft einen panisch wegzerrten, durch die man aber unbedingt hindurchtreten wollte, egal, was auf der anderen Seite wartete, egal, ob man jemals wieder zurückkehren könnte aus der unerforschten Welt dahinter. Ich starrte durch die nebelige Ungewissheit auf den lockenden Türspalt und stellte mir vor, ich würde mir einfach meine Kleider vom Leib reißen und ins Bad gleiten, hin zu Namiko und dem heißen Brodem, der mich hinter der Tür entweder verbrennen oder wohltuend umhüllen würde.

Als sie schließlich aus dem Lichtschimmer heraus durch den Dunst trat, hatte sie sich nur ein Handtuch um die Hüften gewickelt. Die weißen Nebelwesen stoben auseinander, als ihr Körper hindurchglitt. Namiko hatte ihre Haare hochgesteckt, was sehr weiblich aussah, und ihre Haut glühte erotisch nach dem heißen Bad, als hätte jemand einen Schwelbrand in ihrem Inneren entzündet. Wassertropfen benetzten ihren Körper, dessen Konturen im fahlen Licht verschwommen wirkten. Der betörende Duft, den sie ins Zimmer trug, erinnerte an erntefrisches Obst. Sie ging zu dem Futon und zog einen einfachen Yukata, eine Art leichten Kimono, über ihren anmutigen Körper, und ich dankte ihr im Stillen dafür, dass sie war, wie sie war.

Kurz darauf schob ich mich selber durch die auseinandereilende Herde von Nebelgestalten und trat durch die Badezimmertür. Namiko hatte das heiße Wasser für mich in der Wanne gelassen, und als es mich wohltuend umfing, blickte ich kurz zur vernebelten Tür zurück und dachte, dass ich in diesem Moment vielleicht einen guten Schritt weitergekommen war.

31

In der Nacht hatte ich einen merkwürdigen Traum.

Ich ging eine Straße in Hamburg entlang und stand schließlich vor meiner Wohnung. Behutsam klopfte ich an meine Tür, und als ich mir nicht öffnete, schlug ich kräftig mit der Faust gegen das Holz. Von drinnen klang mir meine mürrische Stimme entgegen, und ich vernahm das Schlurfen meiner müden Füße und meine fragende Stimme hinter der Tür. Lass mich zu mir, rief ich, und lange geschah nichts, bis sich die Tür schließlich langsam einen Spaltbreit öffnete. Ich sah mir ins Gesicht, schüttelte den Kopf und sagte noch einmal, dass ich nun wieder zu mir kommen wolle. Die Tür wurde ganz geöffnet, ich trat ein und war alleine im Haus. Hinter mir lag die leere Straße, und ohne mich umzublicken schloss ich die Tür.

Mit jener verzerrten Wahrnehmung, die sekundenlang nicht zwischen Traumwelt und Realität zu unterscheiden vermag, wachte ich auf und öffnete die Augen. Schlaftrunken blickte ich an die Decke und hörte Namiko leise atmen und das Ticken des Weckers meine Lebenszeit herunterzählen. Merkwürdig, vor dem Rieseln der Zeit gibt es offenbar keine Flucht, ging mir durch den Kopf. Nicht nach Japan und nicht in einen Zustand scheinbar zeitbefreiten Verliebtseins. Irgendwo tickt immer eine Uhr.

Wir hatten das Fenster geöffnet, und von draußen hörte ich das Fideln der Zikaden. Der gleiche Mond, der Stunden zuvor noch über Europa gestanden hatte, war nun in Japan, schien ins Zimmer, als hätte er eine Botschaft aus meiner Heimat mitgebracht, und ließ kleine Staubpartikel in der Luft glitzern wie Puderzucker. Der Mond, der uralte ewig Reisende, ob spitz oder rund, wurde hier zu meinem Verbündeten. Er war der alte Bekannte, den man immer wieder traf, wohin man auch getrieben wurde, der Mond kam stoisch nachgereist, treu wie ein Hund und vertraut wie das eigene Gesicht. Schweigend blickte er einen vom Himmel aus an, nahm nur zur Kenntnis und verurteilte nie, auch wenn man sein Schweigen in Momenten des schlechten Gewissens als väterlichen Vorwurf empfinden konnte. Kein Wunder, dass manche Menschen glauben, auf der Mondoberfläche ein Gesicht erkennen zu können. Vielleicht erkannten sie auch einfach nur ihr eigenes Antlitz da oben in einem Himmelskörper, der Hunderttausende Kilometer entfernt und doch so nah war. »Wie machst du das, alter Knabe?«, fragte ich leise und rieb mir die müden Augen.

Ich drehte meinen Kopf. Namiko lag auf der Seite, den Rücken mir zugewandt. Ihre schwarzen Haare hoben sich scharf von der weißen Bettwäsche ab und bekamen im Mondlicht einen bläulichen Schimmer. Sie hatte die Decke bis zum Hals hochgezogen und atmete in unregelmäßigen Abständen laut ein, als würde sie sich über irgendetwas wundern. Vielleicht träumte sie gerade.

Manchmal kann eine winzige Geste einem ans Herz gehen. Vielleicht die Art, wie jemand beim Essen die Gabel führt, wie er eine Buchseite umschlägt oder wie er sich die Haare kämmt. Wie er eine Tür aufschließt, eine Jacke auszieht oder über den Rand einer Brille hinwegsieht. Wie jemand beim Fernsehen leise lächelt oder beim Spazierengehen einen Tannenzapfen mit dem Fuß wegkickt. Wie jemand mit großen, überraschten Augen ein Geschenk auswickelt oder einem die Hand auf die Schulter legt. Wie jemand einem lachend einen Schneeball zuwirft. Oder wie jemand im Schlaf leise atmet. Eine winzige, hingeflüsterte Geste, und dennoch beginnt man plötzlich zu leuchten.

Der Mond leuchtet, weil er von der Sonne angestrahlt wird. Vielleicht war ich auch eine Art Mond, der gut daran tun würde, in der Nähe der Sonne zu bleiben.

»Wohin muss ich gehen, wenn ich zu mir kommen will?«, flüsterte ich und blickte abwartend auf den schwarzen Haarschopf. Nach einigen Minuten bewegte Namiko leicht ihren Kopf, und einzelne Haarsträhnen strichen sanft über das Kopfkissen. Die Decke über ihrem Körper raschelte, Namiko quiekte gedämpft und atmete dann leise weiter. Etwas stach wehmütig in meine Brust.

32

Am nächsten Morgen nach dem Frühstück setzte Namiko sich ans Fenster und schrieb an einer Arbeit für ihr Studium. Sie hockte mit angewinkelten Beinen auf dem Stuhl, und ihre schlanken Finger kreisten über der Tastatur ihres Laptops.

Ab und zu ließ Namiko gedankenverloren den Blick aus dem Fenster schweifen und flüsterte vor sich hin, um einen neuen Einfall in passende Worte zu fassen. Wenn Namiko schrieb, schien sie jeden einzelnen Satz in die Welt zu setzen wie eine Mutter ihr Kind. »Jeder Satz eine kleine Entbindung«, hatte sie einmal lächelnd gesagt.

Ich zog meine Jacke an, schnappte mir die Angel und trat hinaus in den Nieselregen, der die Sonne vom Vortag verdrängt hatte. Mit zusammengezogenen Schultern stapfte ich durch den Nebel zum Strand. Die Luft am Meer war ein klammes Gemisch aus Dunst und Regentröpfchen, unklar wie das Leben selbst, und schon nach kurzer Zeit fühlte sich meine Kleidung feucht an. Ich trat auf einen hölzernen Bootssteg, der ins Meer hineinragte. Gegen den Wind kämpfend warf ich die Angel aus und starrte auf die weiß schäumenden Wellen, die heranrollten wie Lawinen und dann im Sand erstickten. Die Welt schien jede Farbe verloren und sich ganz in trostlose Töne gehüllt zu haben, und die Schwermut versuchte nach mir zu greifen. Trotzig lächelte ich gegen den Sumpf aus Feuchtigkeit und Trübsal an.

Der erste Fisch, der anbiss, war groß genug, um zu zweit davon satt zu werden, also packte ich die Angel zusammen und wanderte am Strand entlang, bis ich auf ein verwahrlostes Holzboot stieß. Ich legte den Fisch in den Sand und setzte mich auf den Bootsrand, um aufs Meer zu starren. Wenn ich in diese Richtung immer weiter durch den Nebel schwimmen würde, dachte ich, käme erst die Küste Taiwans, hinter Taiwan noch ein bisschen Ozean und dann China und Zentralasien. Und wenn ich schon durch das Japanische Meer geschwommen war, könnte ich auch noch durch das Kaspische Meer schwimmen und später durch das Schwarze Meer, wenn ich wollte, und dann müsste ich noch Rumänien, Ungarn und Österreich durchqueren und wäre in Deutschland.

Ein Geräusch riss mich aus meiner Gedankenreise. Leise Schritte schlurften über den Sand und näherten sich mir. Von der Seite kam eine Gestalt herangehumpelt, deren Details sich hinter der Tristesse dieses Tages versteckten. Das Wesen steckte in einem gewaltigen dunklen Mantel und trug einen riesigen Schlapphut auf dem Kopf. Wenn die Gestalt den linken Fuß nach vorne warf, sackte sie nach unten, was auf ein viel zu kurzes Bein schließen ließ. Der schwere Mantel flatterte im Wind wie in Zeitlupe, sodass er aussah wie ein gewaltiger Rochen, der majestätisch durch das trübe Meer glitt.

Die Gestalt schob sich durch den Vorhang aus triefender Luft direkt auf mich zu und setzte sich schließlich schwer atmend neben mich auf den Rand des alten Holzbootes.

»*Konnichiwa*«, sagte ich, und die Gestalt lüftete ihren riesigen Hut mit genussvollem Zögern, als würde sie ein Geheimnis verraten. Darunter kam das Gesicht eines alten Mannes zum Vorschein, der mich mit einem nahezu zahnlosen Mund angrinste, mit dem Finger auf meinen Fisch zeigte und dabei eifrig nickte.

»Guter Fisch!«, brummte eine heisere Stimme. »Hat einen langen Weg hinter sich.« Der Fremde war offenbar ein Fischer.

»Mein Japanisch ist leider ziemlich schlecht«, sagte ich, und der Alte schlug mir tröstend auf die Schulter und machte eine wegwerfende Bewegung.

»Ist doch gut«, meinte er schließlich in einer gewagten Mischung aus Englisch und Japanisch. »Nur was man nicht kann, kann man lernen.«

Dann hielt er verdutzt inne und grinste in sich hinein.

»Guter Satz!«, befand er schließlich und begann, laut zu lachen. Ich lachte mit und fand, dass er tatsächlich mit einem einzigen Satz das Denken auf den Kopf gestellt hatte.

»Geben Sie mir noch hundert Jahre, dann werde ich wohl ziemlich gut Japanisch können«, versprach ich.

»Hm«, grummelte der Alte und kratzte mit dem Finger in seinem Ohr. »Bleiben Sie denn in Japan?«

»Wenn ich das wüsste.«

»Lassen Sie es einfach passieren!«

»Was meinen Sie?«

»Dinge passieren. Gibt es einen guten Grund dafür, dass Sie hier bleiben wollen?«

»Der gute Grund heißt Namiko.«

»Hm, verstehe. Besitzt Ihr guter Grund mehr als nur zwei schöne Augen?«

»Ja. Zwei Herzen. Ihres und meins.«

»Guter Satz!«, sagte der Alte und schlug mir anerkennend aufs Knie. »Woher kommen Sie?«

»Aus Deutschland.«

Der Fischer tippte mit dem Finger auf meinen Kopf.

»Da ist Furcht drin.« Er kniff die Augen zusammen und warf mir einen prüfenden Blick zu.

»Vor der Vorstellung, in Japan zu bleiben? Ja. Vieles ist hier sehr anders als bei uns, wissen Sie –«

»Sehen Sie sich den Fisch an!«

»Den Fisch?«

»Den Fisch!«

»Was ist mit dem?«

»Er ist tot.«

»Verstehe.«

Er hatte recht. Ich befürchtete, auch nicht zu überleben, wenn man mich aus meinem gewohnten Fahrwasser zog.

»Seit Sie ein Fisch waren, ist aber viel Zeit vergangen«, gab der Fischer zu bedenken.

»Ich? Ein Fisch?«

»Vor langer Zeit«, wiederholte er und zwinkerte mir verschwörerisch zu. »Ist 400 Millionen Jahre her.«

Ich lächelte und schaute aufs Meer hinaus.

»Seitdem ist viel passiert. Nutzen Sie, was die Vergangenheit Ihnen mitgegeben hat«, schlug die Stimme neben mir vor. Ich senkte den Blick und starrte auf meine Beine, bevor ich mich dem Fischer wieder zuwandte.

»Trotzdem wären meine Gehversuche hier ziemlich wackelig«, sagte ich. »Zu Hause kann ich mich besser durchs Leben bewegen. Wäre es da wirklich sinnvoll, hierher zu ziehen?«

»Was wollen Sie?«, knurrte der Alte. »Einen Sinn ergeben? Oder sein? Guter Satz!«

Wir sagten eine Weile nichts und sahen dabei zu, wie der Nebel sich langsam lichtete. »Natur«, hatte Namiko im Garten ihrer Familie gesagt, »hat auch mit Absichtslosigkeit zu tun.«

»Ich bin siebenundachtzig Jahre alt«, fuhr der Fischer fort. »Das hat Vorteile. Man weiß dann, dass Dinge nicht immer einen Zweck haben müssen. Schauen Sie mein Bein an, es ist viel zu kurz. Ergibt einfach keinen Sinn.«

»Hm.«

»Ich habe eine Entdeckung gemacht. Es gibt etwas, das dieses Bein besser kann als ein gesundes.«

»Was?«

»Den Sinn mit Füßen treten«, antwortete er und lachte wieder.

Das klang gut. Aber auch idealistisch. War es im Leben wirklich so einfach? Konnte ich, während ich jahrelang die Sprache nicht richtig verstand und sich alle möglichen weiteren Probleme auftaten, mich mit dem bloßen Sein darüber hinwegtrösten?

»Trotzdem«, sagte ich. »Ich müsste den Alltag meistern. Keine leichte Aufgabe.«

»Aber welchen Weg hat das Leben genommen, um zu wachsen?«

Ich blickte ihn fragend an.

»Nicht den einfachen, was?«, sagte ich schließlich.

Er nickte. »Wissen Sie, was Sie brauchen?«

»Was?«

»Gewandtheit.«

»Gewandtheit?«

Der Alte schniefte und zeigte wieder auf meinen Fisch.

»Seine Nachfahren. Was Sie aus der Vergangenheit mitgebracht haben, macht Sie heute reich.«

»Reich?«

»An Möglichkeiten.«

Mit der Hand ahmte er die wellenförmigen Bewegungen einer Eidechse nach.

Die Nachfolger der Fische waren die Amphibien und Reptilien. Sie haben den Schritt aufs Land gewagt, aber ihre Beine befinden sich seitlich am Körper, dort wo vorher die Flossen der Fische waren. Seitenbeine! Im Grunde ein ziemlich blödsinniger Einfall der Natur, denn damit konnten die ersten Landbewohner nur kleine Schritte machen. Worauf wollte der Fischer hinaus? Seitlich angebrachte Stummelbeinchen sprachen nicht gerade für Gewandtheit. Irritiert blickte ich ihn an.

Er deutete mit einer Hand auf seine andere, die sich noch immer wie eine Eidechse bewegte, und nickte aufmunternd. »Verstehen Sie?«

Die Nachfahren der Fische hatten sich einen einfachen, aber wirkungsvollen Trick ausgedacht, um die Schwierigkeiten auf dem neuen Terrain zu bewältigen: Sie lenkten ihren ganzen Körper seitlich aus und vergrößerten so ihre Schrittweite: Sie schlängelten!

Ich lächelte, machte ebenfalls mit der Hand eine Wellenbewegung und nickte. Der Fischer brummte zufrieden.

»Ausgerechnet die ältesten Landbewohner haben ziemlich sinnlose Beine«, meinte er dann. »Um weiterzukommen, braucht man keine Beine, sondern Fantasie. Guter Satz!«

Mir ging noch etwas anderes durch den Kopf: Wale. Obwohl sie sich zu säugenden Landtieren entwickelt hatten, waren sie ins Wasser zurückgekehrt, und ihre Beine hatten sich wieder in Flossen verwandelt. Ein Weg, der sich als Irrweg erwies, ließ sich auch wieder verlassen. Was hielt mich eigentlich davon ab, es in Japan zu versuchen? Was hatte ich zu verlieren?

Wir schwiegen wieder, und nachdem der Alte und ich eine Weile nebeneinander gesessen und die Wellen beobachtet hatten, ließ er mich alleine.

»Da bin ich«, sagte ich zu Namiko, als ich wieder ins Haus trat, aber ich bin nicht sicher, ob sie mich richtig verstand.

Guter Satz!

33

Ich sollte in dieser Nacht nur wenig Schlaf finden.

Am Abend hatten wir meinen Fisch gegessen, und in der Nacht waren wir tief ineinander versunken gewesen. Nachdem Namiko eingeschlafen war, dachte ich lange über die Worte des Fischers nach. Als ich am nächsten Morgen erwachte und Namiko neben mir im Bett liegen sah, wusste ich, dass mein Dasein eine Art Wiederbelebung erfahren hatte.

Von draußen fiel Sonnenlicht auf Namikos Körper. Die Papierbespannung des Fensters war ein rücksichtsvoller Filter zwischen den noch halb der Nacht verhafteten Schlaftrunkenen und dem blendenden Licht des neuen Tages. Die Zähmung des Grellen bewirkte, dass Namiko in ein warmes, schmeichelndes Licht getaucht war. Sie lag auf dem Bauch und hatte mir ihr Gesicht zugewandt. Ein paar dunkle Haarsträhnen hingen über ihre geschlossenen Augen. Ihre Lippen bewegten sich nicht. Ihre Gesichtszüge waren friedlich, doch dahinter leuchtete noch etwas anderes. Aus ihrem Inneren schimmerten Sanftmut, Behaglichkeit und eine alle Unebenheiten dieser Welt glättende Versöhnlichkeit hervor. Namiko atmete kaum hörbar. Die Decke war ein Stück herabgerutscht, und ich sah ihre nackte Schulter und einen Teil ihres Rückens, der sich langsam hob und senkte. Neben dem Gesicht lugte ihre linke Hand unter der Decke hervor, mit entspannt ausgestreckten Fingern und dem Handrücken nach oben. Unter Namikos Bettdecke verbarg sich noch die Nacht, durch die wir atemlos und mit schwerelosen Bewegungen getaucht waren.

Ich beugte mich vor und küsste vorsichtig ihre Schulter. Die Finger ihrer Hand zogen sich zu einer leichten Faust zusammen, und sie knurrte leise, während ihr Körper sich langsam zu regen begann. Die Bettdecke raschelte und bewegte sich wie eine nervöse Meeresoberfläche. Ich legte meinen Kopf vor Namikos Gesicht und spürte diese nährende Zuneigung, als ihre Augen sich öffneten und ihr Mund sich zu einem Lächeln formte.

Ich streifte ihr die Haare aus dem Gesicht, küsste sie und kroch zu ihr unter ihre Decke.

»Hallo Siebenschläfer«, flüsterte ich, während ihre Arme mich umschlossen.

»Hallo Sechsmonster«, flüsterte sie zurück und kicherte.

Ihre Fingerspitzen glitten langsam an meiner Wirbelsäule entlang.

»Dem Sexmonster ist eine interessante Möglichkeit eingefallen, seinen Kopf zu benutzen«, sagte ich und grub mein Gesicht in ihre Haare.

»Ich merk's«, erwiderte sie und lachte.

»Quatschkopf! Ich meine – man kann seinen Kopf benutzen, um eine vernünftige Entscheidung zu treffen. Wie bei der Marmelade.«

»Hm.«

»Das Dumme ist nur: Gegessen wird die Marmelade nicht mit dem Kopf, sondern mit dem Bauch.«

Ich fühlte, wie Namikos Finger innehielten.

»Der Kopf würde also eine Entscheidung treffen, dessen Konsequenzen er selber gar nicht zu tragen hätte.«

Namiko schwieg.

Ein Kloß steckte in meinem Hals. Ich zog mein Gesicht aus Namikos Haaren und blickte sie an. Ihre

Augen glänzten, und mir wurde klar, dass sie schon längst wusste, worauf ich hinauswollte.

»Alles, was du mit mir machst, was du sagst und was du fühlst, geht mir durch den Bauch. Ich benutze meinen Kopf also, indem ich ihn nicht benutze. Er kann nicht entscheiden. Er sollte es auch nicht.«

Ich musste schlucken.

»Mir ist klar geworden, dass ich, wenn ich bei dir in Kyoto bleibe, nichts vermissen werde. Und dass ich, wenn ich nach Hamburg zurückginge, alles vermissen würde, was für mich eine wirkliche Bedeutung hat. Dich.«

Namiko sagte nichts, aber ihr Atem bebte leicht, und in ihrem Gesicht las ich tausend schöne Dinge.

»Und darum hoffe ich, dass du die nächsten fünfzig Jahre noch nichts vorhast.«

34

Ein paar Tage später stieg ich in Hamburg aus dem Flugzeug und atmete tief ein. Fünfzehn Stunden hatte der Flug gedauert, und als ich in die erfrischende norddeutsche Luft hinaustrat, wich die Leichenstarre des Economy-Passagiers schlagartig aus meinen Knochen. In den letzten Stunden des Fluges hatte Namikos Kopf in meinem Schoß gelegen, und ich hatte ihr immer wieder vorsichtig das Haar aus dem Gesicht gestrichen.

Es war ein merkwürdiges Gefühl, wieder in Hamburg zu sein. Eigentlich hätte mein Aufenthalt in Asien nur eine Woche dauern sollen, und nun waren vier Wochen vergangen. Namiko, die schon öfter in Deutschland gewesen war, um die Sprache zu lernen, ging neben mir her durch das Gewühl, mit der einen Hand ihren Koffer ziehend, mit der anderen mich festhaltend, als hätte sie ein wenig Angst, ich könnte ihr in mein Vorleben entwischen. Ich war erfüllt von Stolz, die richtige Entscheidung getroffen zu haben und nun die Konsequenzen in die Tat umzusetzen.

Ich fühlte mich stark.

Wir nahmen ein Taxi und fuhren zu meiner Wohnung. Ich holte den Schlüssel aus meinem Portemonnaie und steckte ihn ins Schloss. Wir blickten uns wortlos an, Namiko drückte meinen Arm, dann schloss ich auf, und zum ersten Mal betrat Namiko etwas, das zu meinem Leben gehörte.

Plötzlich war alles wieder da: mein Bücherregal mit dem versoffenen Hemingway, dem geschiedenen Miller und dem Waltöter Melville. Meine vertrocknete Sonnenblume, mein Rollerschlüssel und natürlich mein knautschiges Sofa, Herr Matthau, das wegen seines zu kurzen Beines immer etwas wackelte, genau wie der alte Fischer oder die ersten Landlebewesen mit ihren albernen Seitenbeinen. Die Fernbedienung meines Fernsehers lag auf dem Sofatisch, als wäre ich nie weg gewesen. Mir fiel ein, dass ich vor meinem Abflug auf Herrn Matthau gesessen und ferngesehen hatte, um die Stunde totzuschlagen, die ich zu früh fertig gewesen war mit meinen Reisevorbereitungen. Im Küchenregal stand eine Flasche kalifornischer Zinfandel, den ich für den Tag meiner Rückkehr gekauft hatte.

Namiko schlenderte umher und ließ ihre Blicke wandern, strich mit ihren Händen über die Rücken meiner Bücher und ließ ihre Gefühle in meine Dinge eindringen. Sie stellte Fragen über Fragen: Wo ich am liebsten säße, wo ich frühstückte, welches Zimmer ich nach der Arbeit als erstes aufsuchte, wer das Bild an der Wohnzimmerwand gemalt habe, was sich in der Seeräuberkiste im Flur befinde, an welchem Meer ich die Muscheln auf dem Badewannenrand aufgelesen hätte, ob ich die Wasserpfeife neben dem Sofa auch benutzen würde. Sie nahm die kitschige Buddhastatue auf, die ich während eines Urlaubs in China gekauft hatte, warf einen Blick auf den mexikanischen Feuerofen, trat kurz in meinen Garten hinaus und schaute dabei so erwartungsvoll wie Christoph Kolumbus beim Betreten des amerikanischen Kontinents, widmete sich der afrikanischen Trommel, die ich von einer Reportage aus Soweto mitgebracht hatte, und schenkte ihre Aufmerksamkeit den Fotos, die an meiner Kühlschranktür klebten und Freunde und Landschaften zeigten. Es war ein schönes Gefühl zu sehen, dass meine Wohnung ihr gefiel und wie sie meinen Sachen Interesse entgegenbrachte. Natürlich waren wir gekommen, um diese Wohnung aufzulösen, aber dennoch schien es mir wichtig, dass sie mochte, was sie hier vorfand.

Wir hatten vor, einen Monat in Hamburg zu bleiben. Namiko hatte Semesterferien, und ich brauchte etwas Zeit, um mein Hab und Gut loszuwerden oder nach Japan zu verschicken. Ich musste meine Wohnung kündigen, mich von meinen Freunden verabschieden, mich in der Redaktion blicken lassen und meinem Chef mitteilen, dass mein Leben einen Sinn bekommen hatte, der in Japan wohnte.

Die ersten Tage ließen wir ruhig angehen. Wir kauften ein und gingen in einem meiner Lieblingsrestaurants am Fischmarkt St. Pauli essen, wo man zwischen alten Tee-Exportkisten, unzähligen Kerzen und Fischernetzen, die von der Decke hingen, einen Fisch bekam, der fast so gut war wie der in Japan. Wir schlenderten die Landungsbrücken entlang und besuchten die Alsterufer. Ich zeigte Namiko die Reeperbahn und die vornehmen Viertel Hamburgs. Ein bisschen zeigte ich all das auch mir selbst.

Namiko nutzte die Gelegenheit, mein bisheriges Leben zu ergründen. Sie bestand darauf, mit mir Wege abzulaufen oder zu fahren, die ich sonst auch benutzt hatte. Sallys Café, mein Büro, meine Stadt und meine Freunde, all dies löste eine wohltuende Neugier in ihr aus, und die ganze Zeit wirkte sie sehr entspannt. Nur selten warf sie mir einen prüfenden Blick zu, wie um sich zu vergewissern, dass ich all das wirklich zurücklassen wollte, und wenn ich dann wortlos schmunzelte, legte sie kurz ihre Hand auf meinen Arm und lächelte zurück. Ich glaube, sie machte sich nicht allzu viele Gedanken, ob ich meinen Umzug vielleicht eines Tages bereuen könnte. Sie schien sich auch nicht sehr fremd zu fühlen, sondern wirkte wie ein Mensch, der sich in einer vertrauten Umgebung bewegte. Vielleicht lag das an ihren vorangegangenen Besuchen in Deutschland und daran, dass sie sich mühelos verständigen konnte. Mir zeigte sie damit vor allem, dass der Wechsel von einer Welt in die andere durchaus fließend und leicht sein konnte.

Meinen Roller schenkte ich Sally, die wir ein paar Tage nach unserer Ankunft in ihrem Café besuchten und die Namiko sofort ins Herz schloss. Den Stein, den ich von Sally geschenkt bekommen hatte, trennte ich vom Rollerschlüssel und packte ihn ein, um ihn später mit nach Japan zu nehmen. Mit Sally organisierten wir auch eine kleine Abschiedsfeier in ihrem Café, die kurz vor unserem Abflug stattfinden sollte.

Auch in diesen Tagen erfasste mich keinerlei Traurigkeit. Ein Flug auf die andere Seite der Erde dauerte so lange wie ein Arbeitstag mit ein paar Überstunden und anschließendem Essengehen. Ein E-Mail brauchte so lange wie ein Atemzug. Die Welt steckte voller Möglichkeiten.

Mit meinem Chefredakteur einigte ich mich auf einen Autorenvertrag, der mir ein festes monatliches Honorar zusicherte. So konnte ich in Japan weiter für die Zeitschrift schreiben und ein bisschen Geld verdienen.

An einem der letzten Tage in Hamburg habe ich dann noch Eva gesehen. Ich war mit Namiko in der Innenstadt unterwegs, und plötzlich fiel mein Blick auf eine Frau, die vor einer Pizzeria stand und auf jemanden zu warten schien. Vielleicht wartete Eva auch nur auf sich selbst, wer weiß. Manchmal laufen Menschen so schnell durchs Leben, dass sie ihren Charakter wie einen Schweif weit abgeschlagen hinter sich herziehen, und irgendwann bleiben sie dann stehen, und der Charakter hat die Chance, sie einzuholen. Sie kommen dann sozusagen zu sich, ein bisschen wie in meinem Traum. Eva hatte mich nicht bemerkt, und Namiko und ich bogen kurzerhand in eine Seitenstraße ein. Das war's.

Ich habe auch von anderen nie wieder etwas über Eva gehört. Was aus ihr wurde, ist so verborgen wie das Schicksal eines Strohhutes, den man auf einem Berg verliert und der ins Tal davonweht.

In Sallys Café hatten wir schließlich die Abschiedsparty, zu der einundzwanzig Freunde und Kollegen kamen – eine überschaubare, aber umso innigere Gesellschaft, die mir dann doch noch die Tränen in die Augen trieb. Für das Abschiedsgeschenk hatten sie alle zusammengelegt und eine Schiffspassage gekauft für Herrn Matthau und ein paar andere Dinge, die ich eigentlich schweren Herzens Sally überlassen hatte, damit sie sie für mich verkaufte. Heute, nach all den Jahren, sitze ich also auf Herrn Matthau und schreibe alles auf.

Am nächsten Morgen flogen Namiko und ich meiner neuen Heimat entgegen.

35

Ein paar Nächte später lag ich hellwach in Namikos Bett und starrte in die Dunkelheit. Eine merkwürdige Wärme pulsierte in mir, und wohlig streckte ich meine Arme und Beine aus.

Ich hatte es wirklich getan. Dass ich zu solchen Taten und Emotionen fähig war, war mir vorher nie bewusst gewesen. Ich liebte Namiko. Ich liebte, wie sie sich mit der rechten Hand ihre Haare hinters Ohr strich. Wie sie vor ihrem Bücherregal stand und mit den Fingern die Buchrücken entlangglitt, bis sie fand, wonach sie suchte. Ich liebte, wie sie schwieg, wie sie redete und wie sie beides miteinander verband. Wie sie sich manchmal zurücknahm, ohne sich aufzugeben. Wie sie die Dinge sah. Und wie sie mich in ihrem fantasievollen Leben willkommen hieß. Ich liebte, wie sie die verschiedenen Ebenen der Wirklichkeit vor mir aufblätterte wie die Seiten eines Buches, das einem auf jeder Seite etwas Neues zu bieten hat. Wie sie das, was ich schon immer wahrgenommen hatte, bereicherte um das, was mir bisher entgangen war.

Sie zelebrierte sich nicht. Sie war so sehr sie selbst, wie ein Mensch nur er selbst sein kann. Mein Blick wurde von ihr nicht durch irgendwelche schützenden Filter geschleust, nein, ich blickte direkt in ihren Ursprung, in ihr Sein. Ich wusste, ich konnte auf sie und ihre Liebe zählen, und nichts und niemand würde das zerstören können. Was in der Gegenwart passierte, war ein Versprechen an die Zukunft.

Ich liebte, wie sie sich beim Nachdenken manchmal gedankenverloren mit dem Finger am Nasenrücken entlangfuhr. Und wie sie, wenn sie durch einen Garten ging, die Dinge berührte, die Büsche, die Steine und die Wände der Tempelanlagen. Ich liebte, wie sie beim Essen mit den Stäbchen hantierte und wie sie mit geschürzten Lippen die heißen Soba-Nudeln aus der Suppe schlürfte. Ich liebte, wie sie, seit wir das Fest am gewundenen Bachlauf inszeniert hatten, regelmäßig Weintrauben in Datteln steckte und beim Fernsehen aß. Ich liebte es, wenn wir umschlungen in ihrem Bett lagen und uns gemeinsam daran erinnerten, wie wir uns zum ersten Mal begegnet waren und sie mir erzählt hatte, dass eine Kiefer eigentlich eine wartende Geliebte ist. Ich liebte ihre Haare in meinem Gesicht, wenn wir miteinander schliefen, und ich liebte, wie sie beim Frühstücken auf dem Sofa saß und die Beine zum Schneidersitz verschränkte. Ich liebte ihren interessierten Blick, wenn die Welt ihr etwas Neues bot. Ich liebte, wie sie beim Musikhören manchmal kaum vernehmbar mitsummte.

Und natürlich liebte ich ihr wundervolles Flüstern. Wenn Namiko flüsterte, hielt die Welt den Atem an. Das, was sie flüsterte, waren in Worte gegossene Geheimnisse, die nur für mich bestimmt waren. Selbst ihr »Ich liebe dich«, von Milliarden Menschen schon milliardenmal ausgesprochen, konnte keiner außer mir erfassen.

Aber sie flüsterte nicht nur mit Worten. Namiko konnte auch mit den Händen flüstern, mit Gesten, mit Blicken und mit Küssen. Ihre Berührungen waren oft nicht mehr als ein dezentes Wispern; ihre Blicke manchmal ein geheimes, verschworenes Tuscheln. Ihre Fingerspitzen formulierten Worte, Muster und Bilder auf meinem Körper. Wenn wir im Bett lagen und sie sich Zentimeter für Zentimeter meinen Rücken herabküsste, spürte ich das Flüstern ihrer Haarspitzen auf meiner Haut. Wenn ihre Lippen meine berührten, bewegten sie sich so, als wisperte Namiko »Ich liebe dich« direkt in den Kuss hinein.

Namiko konnte neben mir im Gras liegen, eine Kleeblüte abpflücken und sie mir still auf den Bauchnabel legen, und alles war gesagt. Sie konnte mit dem Finger ein Herz in die Innenfläche meiner Hand malen und dann meine Hand sanft zu einer schützenden Faust verschließen. Sie konnte sich, wenn wir miteinander schliefen, so ungehemmt fallen lassen, dass ich es als uneingeschränkten Vertrauensbeweis begreifen musste. Sie konnte so intensiv nehmen, dass ich es als geben empfand.

Ein paar Lichter flirrten durch den Stoff der Vorhänge am Fenster und tanzten an der Zimmerdecke. Leise summend blies die Klimaanlage eine wohltuende Kühle herein. Ein Kloß steckte in meinem Hals.

Ich war glücklich.

36

Am Rande der Stadt fanden wir eine nette Wohnung, zu der sogar ein kleiner Garten gehörte. Mit meinen Honoraren und dem Geld, das Namiko als Touristenführerin in den Gärten verdiente, bestritten wir die Miete. Ich werde nie den Tag vergessen, als Namiko und ich im Sonnenschein vor unserem neuen gemeinsamen Zuhause standen und der Lieferwagen vorfuhr, der endlich Herrn Matthau und ein paar andere Dinge aus Hamburg brachte. Noch auf der Straße packten wir das alte Sofa aus, das wie der Bote aus einem anderen Leben wirkte, und wir setzten uns darauf, nahmen uns in den Arm und schauten dabei zu, wie die Spediteure die restlichen Sachen, darunter meine geliebten Bücher, in die Wohnung trugen.

In den folgenden beiden Tagen waren wir damit beschäftigt, uns einzurichten. Namikos Vergangenheit und meine vermischten sich miteinander und wurden eins. Nun stand Günter Grass neben Yasunari Kawabata, Thomas Mann gab es plötzlich in beiden Sprachen, und eine alte Tuschezeichnung meines Großvaters fand an der Wand Platz direkt neben einer japanischen Kalligrafie. Während wir Kisten öffneten, Möbel schoben und Schränke einräumten, wurden wir von Namikos Vater mit Lunchboxen versorgt. Am zweiten Tag holte er uns auf die Straße hinaus und öffnete den Kofferraum seines alten Toyota. Namiko küsste ihn begeistert auf die Wange, als wir im hinteren Teil seines Wagens alle möglichen Pflanzen entdeckten, darunter auch eine kleine Kiefer aus dem Garten der Mondseufzer. Noch am selben Tag machte ihr Vater sich daran, das Grundstück hinter dem Haus in ein Paradies zu verwandeln.

Gegen Abend waren wir wieder alleine, und während ich Bücher einsortierte, hantierte Namiko in der Küche. Es dauerte nicht lange, bis plötzlich der betörende Geruch von Vanille in meine Nase stieg. Ich legte den Bildband, in dem sich mein Blick gerade verfangen hatte, beiseite und ging in die Küche.

Inmitten einer Wolke aus Mehl stand Namiko, die Hände in Plätzchenteig gegraben und Spuren weißen Geriesels im Gesicht und in den Haaren. Ein Blech voller Vanillekekse steckte bereits im Ofen, und zwei Tassen mit heißem Kakao standen auf dem Tisch, als hätte Namiko mich schon erwartet. Ich nahm einen Schluck Kakao, trat hinter sie, legte meine Hände auf ihre Hüften und sah über ihre Schulter hinweg dabei zu, wie ihre Hände den Teig für das nächste Blech vorbereiteten. Schließlich rieb sie sich die Masse von den Fingern, griff sich eine kräftige Portion Mehl und drehte sich um.

»Schneewarnung!«, rief sie lachend und klatschte in die Hände. Weißer Puder explodierte und hüllte uns ein. Namikos Lippen suchten nach meinen, und sie schmeckten nach Vanille.

»Wenn es schneit, sind alle schnellen Bewegungen verboten«, flüsterte sie und ließ lächelnd ihre Hände an mir hinabgleiten. Die Mehlflocken sanken gemächlich zu Boden oder setzten sich auf uns fest, und an meinem Mund schienen sich Namikos Lippen langsamer zu bewegen als die Zeit selbst. Ich stellte mir vor, wir wären auf dem Mond, wo jede Bewegung von einer geheimnisvollen Macht gebremst wird, und ließ mich in die Gemächlichkeit hineinfallen. Wir küssten, berührten und bewegten uns sehr langsam, fast zögernd und die Zeit dehnend, als könnte man so den Anbruch der nächsten Minute aufschieben. Mit gebeugtem Kopf küsste ich

Namikos Schulter, und als ich mein Gesicht hob, strich meine Wange unendlich langsam an ihrer Haut entlang, bis mein Mund ihren wiederfand und sie ihre Lippen mit der zärtlichen Vorsicht einer aufgehenden Blüte für mich öffnete. Als ich ihre dunklen Pupillen so nahe vor mir sah, spürte ich für einen Moment wieder den Regen auf meine Haut tropfen und Gras unter meinen Füßen, und wie damals pochte auch jetzt eine kleine Ader hinter Namikos rechter Schläfe. Irgendwie schien sich in diesem Moment ein Kreis zu schließen. Das Gefühl, das mich erfasste, war Stolz.

Als ein leises Piepen ertönte, löste Namiko sich aus meinen Armen und zog ein Blech wohlriechenden Gebäcks aus dem Ofen. Mit spitzen Fingern griff sie nach einem heißen Plätzchen, pustete es kühl und schob es zwischen meine Lippen.

»So müssen Küsse schmecken«, sagte sie, und ich überlegte, ob sie damit das Vanillegebäck oder den Regen meinte.

37

Wie würde ein Kuss riechen?

Ich meine, hätte ein Kuss Geruch, welcher wäre das dann? Vanille? Basilikum? Erdbeere? Würde man Vanille, Basilikum und Erdbeere zu einem gemeinsamen Duft vereinen, käme wohl eine betörende Mischung heraus, aber für einen Kuss wäre das vielleicht noch nicht paradiesisch genug.

Vielleicht würde ein Kuss nach etwas Nichtgegenständlichem riechen. Vielleicht wäre es eher ein poetischer Geruch. Der Duft nach Ewigkeit. Oder nach Gewissheit. Oder einfach der Duft nach mehr. Seltsam, dass Menschen den Kuss in der Poesie immer nur mit einem Geschmack in Verbindung bringen, zum Beispiel mit dem von Honig. Daran, ihm auch einen poetischen Geruch anzudichten, denken sie meistens nicht. Seit ich Namiko kennengelernt habe, finde ich, dass ein Kuss nach Erfüllung riechen könnte.

Einmal hörte ich Namiko hinter meinem Rücken am Kühlschrank hantieren, bis schließlich eine verdächtige Stille eintrat.

»Was tust du da?«, fragte ich nach hinten.

»Schnee trinken«, sagte sie. Als ich mich umdrehte, hielt sie ein Glas Milch in der Hand. Seitdem schmeckt Milch anders für mich.

Schneemilch!

Ich kann mich an einen Tag im Winter erinnern, an dem wir über schneebedeckte Felder stapften. Der Himmel und die Luft um uns herum waren von sanftem Nebel eingehüllt, und nur hier und da stach das Gerippe eines Baumes im Winterschlaf durch das Weiß.

»Pass auf, dass du nicht aus der Seite fällst«, sagte Namiko plötzlich. Mit einer schweifenden Bewegung ihrer Hand wies sie auf die Umgebung und sagte: »Stell dir vor, das Leben ist in Wirklichkeit ein Buch, und wir bewegen uns hier gerade auf einer der vielen weißen Seiten, und mit unseren Spuren im Schnee beschreiben wir sie.«

Wenn man liebt, möchte man auf einmal allen Dingen auf den Grund gehen, ihren Facettenreichtum erfassen, die kleinen Dinge zu großen machen und das Geflüsterte zu Geschrienem. Namiko streichelte beim Lesen gerne den Rücken des Buches, als wenn das Buch das irgendwie verdient hätte und es ihr danken würde.

»Warum denkst du das?«, wollte ich von ihr wissen.

»Ich glaube, weil ich dich liebe«, antwortete sie.

Wenn man liebt, bekommen Bücher Gefühle, lautlose Dinge ein Geräusch und Küsse einen Geruch.

Plötzlich hat man viele Fragen an die Welt. Welchen Geschmack hat der Wind? Wie riecht das Echo? Sieht das Unentdeckte anders aus, bevor es entdeckt wird? Wie fühlt sich das Universum auf der Haut an?

Wie klingt das Klatschen einer einzelnen Hand?

38

Wenn der eine flüstert, hält der andere unweigerlich den Atem an. Mehr noch, er hält inne im Leben, als hätte ein Mönch ihn überraschend an der Nase gezogen, und konzentriert sich voll und ganz auf die Worte, die er gerade hört. Nichts anderes hat in diesem magischen Augenblick irgendeine Bedeutung.

Wenn Namikos Lippen sich an mein Ohr legten, verdichtete sich meine Wahrnehmung wie bei einer alten Fotografie, die in der Mitte scharf ist und am Rande verschwimmt. Was um uns herum geschah, zerfloss in einem solchen Moment, selbst wenn wir mitten in einem überfüllten Bus standen. Namiko schob dann plötzlich ihr Gesicht neben meins, und schon die Berührung ihrer Haut und ihrer Haare ließ den Bus und seine

Menschen verschwinden. Dann fühlte ich ihre weichen Lippen an meiner Ohrmuschel, und ich spürte, wie sie sich bewegten und ihre Worte wie kleine Echos in meinem Bewusstsein tausendfach widerhallten. Meist hielt sie sich dabei an meiner Schulter fest, löste sich dann wieder von mir, und ihr leises Lachen holte mich in den Bus zurück. Niemand um uns herum hatte unsere kurze Abwesenheit bemerkt.

Oft flüsterten wir uns Sätze zu, deren Wirkung von Natur aus begünstigt wird durch die Nähe, die beim Flüstern entsteht. »Ich liebe dich« klingt anders, wenn man den Mund des anderen dabei nicht sieht, sondern fühlt. In einem überfüllten Bus flüsterte Namiko Dinge wie »Ich weiß, was du letzte Nacht getan hast, und ich kann es beweisen« oder einfach nur »Tu nicht so unschuldig«, und mir war klar, wie sie das meinte.

Ich selbst wurde ebenfalls zu jemandem, der flüsterte. Das geatmete Wort erwies sich als eine unglaublich dichte und intensive Art, miteinander umzugehen und Namiko tief in meine Gefühlswelt hineinblicken zu lassen. »Ich mag dein sinnliches Lächeln so dicht vor meinem Gesicht«, flüsterte ich, wenn wir gerade wieder zu einem Kuss ansetzten und dieses wissende Schmunzeln ihre Lippen umspielte. Wenn wir miteinander schliefen, flüsterte ich vielleicht plötzlich ein verlorenes »Tu das nicht« in die Dunkelheit hinein, und Namiko wusste, dass ich das Gegenteil meinte, und tat es. »Wie machst du das?«, fragte ich kaum hörbar, wenn mir beim Küssen warm wurde, und Namiko flüsterte »Du selbst machst es«.

Am liebsten aber flüsterte ich ihren wundervollen Namen. Im richtigen Moment den Namen des anderen zu wispern, ist wie Danke sagen. Wenn Namiko sich zärtlich an mich lehnte, ich meine Arme um sie legte und sie fest an mich drücken konnte, bedeutete ein gewispertes »Namiko« so viel wie »Gut, dass du hier bist«. Wenn sie wieder einmal ihre neugierigen Hände wandern ließ, sagte ihr leise geraunter Name »Das ist schön, was du da machst«. Eines Tages kam ich nach Hause, und Namiko hatte unsere Bettdecken ins Wohnzimmer geschleppt und sie dort inmitten von Kerzen auf dem Boden zu einer Art Nest zusammengelegt, in dem wir dann lagen und Musik hörten und Rotwein tranken. Ich wusste, dass Kerzen in Japan eher in Hausaltäre gestellt werden und den Toten dienen und dass die meisten Japaner Kerzenlicht deshalb eigentlich nicht als etwas Romantisches empfinden. Statt »Danke« flüsterte ich Namikos Namen, als ich ihr kleines Liebesnest auf dem Boden sah. Die Bedeutung war schließlich dieselbe.

Manchmal reichen sehr knappe Sätze aus, um ganze Universen zu öffnen. Wenn man im Morgengrauen nebeneinander liegt, sich zum anderen hinüberbeugt und »Hallo Siebenschläfer« oder »Komm her« flüstert und er dann zu einem unter die Bettdecke kriecht und sich genießerisch anschmiegt, weitet sich das Herz. Es genügte auch, »Ich geh in die Badewanne« in Namikos Nacken zu flüstern, und ich konnte sicher sein, dass wir Minuten später zusammen im glühend heißen Wasser sitzen und bei Kerzenlicht gemeinsam in einem Buch lesen oder Mozart hören würden. Weil ich den Satz geflüstert hatte, war klar, dass ich mehr sagen wollte als nur, wohin ich unterwegs war.

Wenn man die Dinge leise aussprach, gingen die Worte immer ein bisschen über das Offensichtliche hinaus.

39

Namiko war diejenige, die damit angefangen hatte, mir die Welt der Schriftzeichen näherzubringen – also war es für sie selbstverständlich, dass sie mir auch jetzt, wo ich nach Japan gezogen war, weiter dabei half, lesen und schreiben neu zu lernen. Zumal das für mich inzwischen zu einer überlebenswichtigen Sache geworden war. Denn noch fühlte ich mich in Japan wie ein kleines Kind, das kaum etwas verstand und so gut wie nichts lesen oder schreiben konnte. Was sagte der Mann in den Nachrichten? Was bedeuteten all die Briefe, die alle möglichen Behörden uns schickten? Wie hoch war die Stromrechnung? Wie bediente man den Geldautomaten? Warum lachten alle im Kino? Worüber unterhielten sich die Menschen? Was stand in der Zeitung? Auch was in den Regalen der Supermärkte lag, war mir weitgehend ein Rätsel. Genau wie die vielen Schilder in den Straßen, an den Häusern und in den Bahnhöfen. Jede Bushaltestelle wurde zu einem Problem. Ich hatte schon viel Zeit damit verbracht, in den falschen Bussen zu sitzen und von der Menschheit weitgehend unentdeckte Ecken Kyotos kennenzulernen – was umso frustrierender war, als japanische Straßen nur in Ausnahmefällen über einen Namen verfügen und der Stadtplan einem deshalb bei der Orientierung auch nicht viel weiterhilft.

Zum Glück hatte Namiko sehr viel Geduld, und oft sprach sie in einfachen japanischen Sätzen zu mir, sodass sich zumindest mein Sprechen und Verstehen zügig besserte und ich schnell mutig genug wurde, auch ihren Vater in seiner eigenen Sprache anzusprechen. Bei den Schriftzeichen gab sie sich ebenfalls alle Mühe.

Sie begann, beim gemeinsamen Kochen bestimmte Fleischsorten, Gemüse oder Gewürze nur zu benutzen, um mir, während wir das Essen zubereiteten, zu zeigen, wie man sie auf Japanisch schrieb. Irgendwann entdeckte ich auf einzelnen Möbelstücken kleine Zettel mit den Schriftzeichen für Sofa, Stuhl oder Tisch, und mit Hilfe eines Filzstiftes fand Namiko einen sehr eigenen Weg, mir die Schreibweise der Körperteile nahezubringen.

»Ich möchte dir noch ein besonderes Zeichen zeigen«, sagte sie eines Abends, als ich gerade auf Herrn Matthau saß und Verben lernte. Sie hockte sich neben mich, stellte zwei Gläser Rotwein auf dem Tisch ab, griff nach meinem Stift und malte ein einzelnes Zeichen in mein Lernheft:

$$聴$$

»Es bedeutet soviel wie ›genau hinhören‹«, erklärte sie. »In Gedanken zerlegen wir das Zeichen manchmal und bekommen dann mit etwas Fantasie das:

$$耳 + 目 心$$

Weißt du, was sie bedeuten?«

»Ohr plus Auge und Herz?«

»Sehr gut! Das ist natürlich nicht der eigentliche Hintergrund dieses Zeichens, aber der Volksmund interpretiert es so, um damit zu sagen: Um intensiv hinzuhören, braucht man zusätzlich zu seinen Ohren auch die Augen und das Herz.«

»Mmh.«

Ich nippte an meinem Wein und dachte an einen Filmabend, an dem wir hier auf dem Sofa gesessen und uns auf NHK einen Samuraifilm angesehen hatten. Als Namiko bemerkt hatte, dass ich kein Wort verstand und die komplizierten japanischen Dialoge mich eher verwirrten, hatte sie kurzerhand den Ton leiser gedreht, und ich hatte versucht, die Geschichte anhand des bloßen Tonfalls und der Mimik und Gestik der Schauspieler zu begreifen. Ich war verblüfft gewesen, wie gut das funktioniert hatte. Am Ende des Films hatte ich sogar sagen können, welcher Samurai auf der Seite welches Lehnsherrn gestanden und wer ein doppeltes Spiel gespielt hatte.

»Im Japanischen gibt es viel weniger Silben als im Deutschen, darum kommt es häufiger zu gleich klingenden Wörtern, die aber Unterschiedliches bedeuten. Da kann es schon mal wichtig sein, das Wort nicht nur zu hören, sondern es auch als Schriftzeichen vor sich zu sehen.«

»Zum Beispiel?«

»*Sake* bedeutet ›Reiswein‹. Aber es heißt auch ›Lachs‹. Mit einem phonetischen Schriftsystem geschrieben, zum Beispiel euren Buchstaben, erkennt man also keinen Unterschied. Aber die chinesischen Schriftzeichen für ›Reiswein‹ beziehungsweise ›Lachs‹ sehen unterschiedlich aus. So gesehen hören wir in Japan immer auch ein bisschen mit den Augen. Das hat zur Folge, dass wir manchmal gar nicht zur Kenntnis nehmen, dass eine Sache genauso klingt wie eine andere – denn die Zeichen sind ja unterschiedlich. Kennst du Seiko, den berühmten japanischen Uhrenhersteller?«

»Klar.«

»Nun, *seiko* kann aber auch ›Geschlechtsverkehr‹ heißen.«

Ich musste laut auflachen.

»Niemand bei uns würde darüber lachen, weil im Zusammenhang klar ist, ob jemand vom Uhrenhersteller oder von ›Geschlechtsverkehr‹ redet. Zwei Dinge verraten uns in einem Gespräch, was von beidem gemeint ist: die Intuition und das dazugehörige Schriftzeichen, das wir vor unserem geistigen Auge sehen. Aber es geht natürlich bei dem Schriftzeichen für ›genau hinhören‹ auch allgemein darum, alle Sinne an der Wahrnehmung zu beteiligen. Wenn du am Strand stehst und lauschst, wie die Wellen dich umspülen, dann hören sie sich anders an, wenn du sie dabei ansiehst und wenn du sie auch mit dem Herzen hörst«, sagte Namiko und lehnte ihren Kopf an meinen Oberarm. »Und glaub mir, manche Welle findet es wunderschön, wenn man ihr auch mit Auge und Herz zuhört und sie bis in ihr Innerstes ergründet.«

Sie lächelte hintergründig und sah mich abwartend an.

»Wovon redest du?«, fragte ich und strich mit meinem Zeigefinger über ihren Nasenrücken und ihre Lippen.

Namiko griff nach dem Stift und malte noch etwas in mein Heft:

波子

»Kannst du das lesen?«

»Das zweite Zeichen bedeutet ›Kind‹, auf Japanisch *ko*.«

»Das erste bezeichnet die steigende und fallende Welle.«

»Wellenkind?«

»Genau. Das Wellen-Schriftzeichen bildet zum Beispiel auch den zweiten Teil in dem Wort für ›Flutwelle‹, dem berühmten Tsunami.«

»Und diese Zeichen bedeuten –«

»Namiko«, sagte Namiko.

40

Ich schrieb noch ungefähr fünf Jahre lang für die Zeitschrift und schickte regelmäßig meine Artikel nach Hamburg. Doch in der Chefetage fegte das betriebswirtschaftliche Denken mehr und mehr das journalistische beiseite, und während die Art und Weise, wie Themen aufbereitet wurden, zunehmend zur Verkaufsmasche verkam, zählte bei den Autoren am Ende nur noch, dass sie preiswert waren. Die neue Chefredakteurin fuhr Porsche und tingelte die meiste Zeit Champagner schlürfend durch die maßgeschneiderte Welt der Hamburger Prominenz. Ich verlor die Lust, belanglose Informationen über belanglose Filmsternchen zu recherchieren, um dann in peinlichen Schmonzetten mit immer gewagteren Superlativen verbal aufzuwerten, was hinter der Fassade keinen Kern hatte. Alles wurde immer lauter und doch immer nichtssagender. Und von den Honoraren ließ sich im teuren Japan ohnehin kaum noch leben.

Das Goethe-Institut hat in Kyoto eine Filiale, und dort bekam ich einen Job als Deutschlehrer und half außerdem dabei, in Kyoto Veranstaltungen zu organisieren, die den Menschen die deutsche Kultur näherbringen sollten. Ich lernte im Institut ein paar Deutsche kennen und etliche Japaner, die meistens aus beruflichen Gründen Deutsch lernten, und so bekam ich, nachdem ich bereits ein paar Jahre in Kyoto war, hier doch noch einen Freundeskreis, der über Namikos Freunde hinausging. Meine Kollegen waren eine fröhliche Mischung aus Deutschen und Japanern, und für mich war es sehr erfrischend, dass die Mitarbeiter sich gegenseitig lobten, niemand die Arbeit der anderen schlechtmachte und alle offensichtlich jeden Morgen gut gelaunt im Büro erschienen und Freude an ihrem Leben hatten. In meiner Freizeit verbesserte ich weiter mein Japanisch und traf mich regelmäßig mit Namikos Vater im Garten der Mondseufzer. Er wies mich Stück für Stück in die Kunst der Gartengestaltung ein, und von Anfang an bereitete mir das Setzen neuer Pflanzen, das Beschneiden der Bäume und das Arrangieren von Steinen und Laternen sehr viel Freude. Ein raffiniert ins Moos drapierter Stein konnte mehr zum Wohl der Menschheit beitragen als ein Zeitschriftenartikel über die zehn vermeintlich wichtigsten Männer der Welt. Vor Jahren war ich nach Japan gekommen, um über Gärten zu schreiben – jetzt arbeitete ich selbst in ihnen. Und irgendwie schien mir das die erfüllendere Aufgabe zu sein.

Namiko und ich lebten zwei Jahre zusammen, als ich sie eines Abends in den Garten der Mondseufzer entführte, auf der Seeleninsel ein Feuer und ein paar Fackeln entzündete und ihr mit Weintrauben gefüllte Datteln in den Mund schob.

»Wollen wir nicht heiraten?«, fragte ich schließlich im flackernden Licht, und Namikos geflüstertes »Ja« war das leiseste und doch sicherste Ja, das die Welt je gehört hatte. Wenige Monate später heirateten wir in Kyoto, und Sally und ein paar weitere Freunde und Verwandte kamen aus Deutschland angereist, um bei der Zeremonie dabei zu sein. Was das Heiraten anbelangt, waren wir beide schon immer von einer eher bodenständigen Einstellung geprägt gewesen. Ich hatte Namiko einmal erzählt, dass in Deutschland Paare oft nicht heiraten, weil manche sich fragen, aus welchem Grund sie es tun sollten, und dass viele in einer Ehe nur zusätzliche Scherereien sehen für den Fall, dass die Beziehung wieder auseinandergeht.

Namiko empfand schon die Frage nach dem Grund als verkehrten Ansatz, da hier einmal mehr an der falschen Stelle nach dem Warum gefragt werde. Dass der Anstoß für eine Ehe die Liebe sei, sei eh klar, und darüber hinaus gebe es wohl keine schönere Heirat als eine grundlose. Auch ich hatte das Gefühl, dass jemand, der fragt, wozu das Heiraten gut sein soll, vermutlich nichts begriffen hat und wahrscheinlich nur sicherstellen will, dass er sich jederzeit aus der Beziehung wieder zurückziehen kann, ohne komplizierte bürokratische und juristische Hürden fürchten zu müssen. Jedenfalls plant er das Scheitern einer Ehe ja mit ein, wenn er als Argument vorbringt, dass Nichtverheiratete leichter wieder ihre eigenen Wege gehen können als Eheleute.

Solcherlei Denken war Namiko fremd, aber sie wäre auch nie auf die Idee gekommen, dass Alltag das Ende einer Beziehung sein könnte oder dass Menschen sich trennten, weil sie sich nichts mehr zu sagen hatten. Als wir darüber zum ersten Mal redeten, waren wir bereits miteinander verheiratet.

41

Namiko und ich lagen auf einer grünen Wiese mitten in der Natur, und ganz in der Nähe plätscherte ein Bach vorbei, der vielleicht auf der Suche nach dem Meer war und sich orientierungslos durch das Land schlängelte. Wir waren mit dem Trecker hierher gekommen, und das alte Vehikel stand etwas abseits unter den Bäumen und strahlte scheinheilig eine Ruhe aus, die man ihm nach dem Geknatter auf dem Hinweg nicht so recht abkaufen mochte.

In Kyoto hatten wir ein paar Bento-Boxen gekauft, kleine, mit Leckereien gefüllte Kisten, die es in Supermärkten, in speziellen Bento-Geschäften und an Bahnhöfen zu kaufen gab. Namiko und ich hatten uns durch verschiedene Fischsorten gefuttert, ein paar kalte Nudeln geschlürft und uns dann auf die Decke zurückfallen lassen.

»Hörst du den Bach?«, flüsterte meine Frau nach einer Weile. Seit einiger Zeit liebte ich es, sie als »meine Frau« wahrzunehmen, als Bestandteil meiner selbst.

»Mmh«, brummte ich.

»Wäre eine größere Distanz zwischen uns und dem Bach, müsste er schon tosen wie ein ganzer Ozean, damit wir ihn hören könnten.«

Namiko rollte sich auf die Seite, stützte ihren Kopf auf den Arm und sah mich an.

»Weißt du, dass man in Japan manchmal sagt: Ein Paar, das viel miteinander redet, hat vielleicht ein Problem?«

»Wie meinst du das? Ist doch gut, wenn man sich was zu sagen hat.«

»Im Prinzip schon. Andererseits – wenn sie viel miteinander reden, bedeutet das vielleicht, dass die nichtverbale Kommunikation zwischen ihnen nicht gut funktioniert, dass sie die kleinen Zeichen nicht lesen können und sie deshalb so viele Worte brauchen.«

»Hm.«

»Vielleicht sind sie sich nicht nahe genug, um die leisen Signale zu empfangen, die der andere aussendet. Je näher man sich ist, desto leiser kann man sein. Und darum kommt ein Kuss auch vollkommen ohne Geräusche aus.«

»Eine interessante Überlegung«, fand ich und setzte mich auf. »Dann würde man sich aber im Idealfall einfach anschweigen.«

»Vielleicht«, sagte Namiko und rieb sich nachdenklich mit dem Zeigefinger über den Nasenrücken. »Schweigen ist ja sozusagen die Hochform des Flüsterns.«

»Wo ich herkomme, gilt es eher als peinlich, wenn zwei dasitzen und keiner was sagt.«

»Das gilt vielleicht, wenn man sich gerade erst kennengelernt hat, oder? Menschen, die schon seit Jahren zusammen sind, schweigen viel öfter.«

»Wir bedauern dann, dass sie sich nichts mehr zu sagen haben.«

»Das kommt, weil Menschen die Neigung haben, Gewohnheit als etwas Negatives zu definieren.«

»Ja, vielleicht ist der häufigste Trennungsgrund, dass die Beziehung alltäglich geworden ist.«

»Hm – aber wenn man sich deshalb trennt und dann alleine ist, hat man doch auch Alltag –«

»– aber niemanden mehr, dem man das zum Vorwurf machen kann«, lächelte ich.

»Das ist immer eine sehr wichtige Frage in Europa, nicht?«

»Was?«

»Na, wer schuld ist. Wann immer irgendetwas passiert ist, ziehen als erstes alle los und suchen nach einem, dem sie es vorwerfen können. Ich denke, das ist bei uns ein bisschen anders. Hier steht im Vordergrund erst mal die Frage, wie das entstandene Problem gelöst werden kann – und nicht, wer es verursacht hat. Kann sein, dass Gerichtsverfahren in Japan aus diesem Grund manchmal so lange dauern. Weil es eine merkwürdige Sache ist, einen Schuldigen zu suchen. Ich glaub auch, dass diese Sucherei einen so sehr in Anspruch nehmen kann, dass man den Kopf nicht mehr frei hat, um das Problem zu lösen. Was glaubst du, wie viele Beziehungen scheitern, weil beide so sehr damit beschäftigt sind, für ihre Probleme den Schuldigen unter sich auszumachen, dass sie ganz vergessen, die Probleme einfach zu lösen? Was ist damit gewonnen? Eine Menge Distanz, und deshalb eine Menge Schreierei, weil man den Abstand ja irgendwie überbrücken muss.«

Ich bin heute nicht sicher, ob ich damals schon vollkommen begriffen hatte. Ob ich wirklich nachvollziehen konnte, was Stille bedeutete und dass Nähe so wichtig ist, weil man nur so die leisen Töne hören kann. Aber von diesem Tag an war mir bewusst, als wie wohltuend ich unser gelegentliches Schweigen empfand. Namiko und ich saßen oder lagen oft irgendwo, blickten in die Wolken oder die Sterne oder auf das Meer oder in einen Garten – und schwiegen. Und nicht ein einziges Mal war es mir unangenehm. Vielleicht lag das daran, dass wir nicht gegeneinander schwiegen, sondern miteinander. Gemeinsam schweigen, das war eine Form von Vertrauen in den anderen, von geheimem Austausch. Es bedeutete, im Stillen Bescheid zu wissen. Es war die banale, aber sehr entspannende Erkenntnis, dass Menschen nicht immer reden müssen. Schweigen war der Beweis dafür, dass ich wusste, was in Namiko vorging und was sie dachte und wie sie das, was wir gerade anstarrten, tief in ihrem Inneren empfand. In einem solchen Moment zu sagen, dass die Sterne aussahen wie Glühwürmchen, wäre überflüssig gewesen und auch ein bisschen zu viel des Guten, weil es impliziert hätte, dass Namiko vielleicht blind sein könnte. Es nicht zu sagen, bedeutete, ihr zu zeigen: Ich weiß, dass du es auch siehst.

Das Schweigen war neben dem Flüstern vielleicht Namikos schönstes Geschenk an mich.

Heute, wo Namiko nicht mehr da ist, steige ich manchmal in einen Zug und fahre hinaus in die Natur. Dort setze ich mich dann auf eine Waldwiese, die ich früher zusammen mit Namiko besucht habe, lasse sehnsüchtig meinen Blick schweifen, lausche der Abwesenheit von Geräuschen und denke an Namiko, und dann ist sie plötzlich wieder da, und alles ist, als wäre sie nie weg gewesen. Die vertraute Stille um mich herum verrät mir, dass sie neben mir sitzt und mit mir schweigt.

42

Wir alle tragen etwas in uns.

Irgendwo in unserem Inneren gibt es diesen Ort, der sich sehr leer anfühlt, wenn wir ihn nicht irgendwann ausfüllen. Die, die das versäumen, werden vielleicht ihr Leben lang diese unbestimmte und nicht genauer greifbare Traurigkeit in sich spüren. Sie werden sich nicht fragen, warum sie diesen Planeten wieder verlassen müssen, sondern sie werden sich ein ganzes Leben lang mit der Frage beschäftigen, warum sie überhaupt erst von einer unbekannten Macht darauf abgesetzt wurden.

Die anderen füllen diesen Raum in ihrem Inneren mit einer Bestimmung, mit Fantasie, mit einem Ziel oder mit einer Liebe, und das nennt man dann konsequenterweise Erfüllung.

Jetzt, wo ich auf Herrn Matthau sitze und dies schreibe, denke ich oft an die Koans. Sie haben mich darauf gebracht, dass wir vor lauter Suche nach dem Sinn das Sein manchmal aus den Augen verlieren, dass wir uns zu oft damit beschäftigen, warum wir sind, und zu wenig genießen, *dass* wir sind. Manchmal sitze ich da und starre auf die alte Serviette von damals, auf der in Namikos Schrift ihr Koan geschrieben steht wie eine treue Erinnerung, wie der Fußabdruck eines Menschen, der sich zu früh auf einen frisch betonierten Weg gewagt hatte und der Nachwelt seine Spur für immer hinterließ. Vielleicht, denke ich dann, ist es eine Frage der Kausalität. Vielleicht besteht der Trick des Lebens nicht darin, ihm erst einen Sinn zu geben, um dann zu sein. Vielleicht bekommt es umgekehrt über das Sein seinen Sinn. Ganz leise, beinahe wie von alleine, schleicht sich Sinn ins Leben, nachdem wir am Sein genippt haben.

Wenn ich über den Ort in unserem Inneren nachdenke, glaube ich, dass er sich von ganz alleine füllt, wenn wir das Sein in uns aufsaugen und dort bewahren. Dann ergibt plötzlich alles einen Sinn.

Manche erklären zu ihrem Lebensziel, es in ihrem Beruf weit zu bringen. Sie tragen dann vielleicht Designerbrillen auf der Nase, blaue Jacketts mit goldenen Knöpfen um den Oberkörper und einen Porsche unter dem Gesäß. Wenn man dabei nicht glücklicher wird, ist der Grund womöglich, dass man nach dem Sinn gejagt hat und nicht nach dem Sein. Als wenn man auf einem Traktor durch die Natur fahren und sich fragen würde, wozu das gut ist – statt zu genießen, dass man es tut, und deshalb das Leben schön zu finden. Es läuft sich leichter über die Erdkugel, wenn man das Gefühl hat, dass das Ganze zu irgendetwas gut ist – aber die Antwort auf das Warum liegt im Sein und in dem, was man in seiner inneren Kammer trägt.

Ich trage natürlich Namiko in mir.

Mag sein, dass ein paar Kollegen aus Hamburg das mit einem spöttischen Lächeln bedacht haben, damals. Mag sein, dass sie ihre Krawatten zurechtrückten und über den merkwürdigen Mann redeten, der seine festungssichere Zukunft als Angestellter aufgegeben hatte zugunsten einer so launenhaften Sache wie der Liebe.

Doch ich hatte mit Namikos Hilfe gelernt, andere Fragen zu stellen. Und andere Prioritäten zu setzen. Was ist wichtiger: ein Chef, der einem sagt, dass man einen tollen Job gemacht hat und dass man beim nächsten Auftrag dem knappen Budget auch wieder so viel Einfühlungsvermögen entgegenbringen möge? Oder eine Frau, die einen aus Japan anruft, wenn man gerade alleine zu Besuch in Deutschland ist, und die auf die Frage, ob das interkontinentale Telefonieren über zwei Stunden hinweg nicht ein wenig teuer ist, einfach sagt: »Ich will mit dir telefonieren, also ist es nicht teuer«? Und wer stellt einen vor die größere Herausforderung? Ein Chef, der sagt: »Schreib mir einen langen Artikel« – oder eine Geliebte, die flüstert: »Schenk mir einen schönen Satz«? Was ist wichtiger? Was gibt dir mehr? Was macht dich glücklicher? Was macht mehr aus deinem Leben?

Seit unserer ersten Begegnung war ich von Namiko erfüllt. Oft denke ich an den Moment zurück, als ich im Garten des Silbernen Pavillons stand und mein Blick zum ersten Mal den ihren fand. Wie sie dastand in ihrem weißen Männerhemd und an ihrer Sonnenbrille kaute. Und ich erinnere mich gut an das Gefühl, Namiko würde mein Äußeres auseinanderblättern und einen Weg in mein Inneres suchen, und obwohl ich damals meinen

Blick verlegen abgewandt hatte, war es ihr schon gelungen, diesen verborgenen Raum in mir zu betreten und ein paar erste Spuren dort zu hinterlassen.

Dass sie ihn dann im Laufe der Zeit vollkommen mit sich ausfüllte, macht es möglich, dass sie, auch nachdem sie gegangen ist, noch immer bei mir ist. Es ist ein schönes Gefühl, sie für den Rest meines Lebens mit mir herumzutragen. Es ist ein schönes Gefühl, dass nichts von dem, was uns verband, weg ist. Es ist ein schönes Gefühl, dass meine Traurigkeit immer wieder kumpelhaft zur Seite geschubst wird von einem Hochgefühl des Glücks. Sie ist bei mir und bleibt bei mir, und das wertet sie auf und uns und alles, was wir hatten, und es wertet auch mich selber auf, denn es erfüllt mich mit großem Stolz, eine solche Liebe und eine solche Frau gehabt zu haben und beides in meinem Inneren weiter am Leben zu wissen. Das Überdauern des Leisen ist eine wundervolle Erfahrung. Das Geflüsterte, das Sanfte, das Allmähliche, das Ungefähre, das Sinnliche, das Schleichende, das Unaufdringliche, das ist eine sehr beständige Angelegenheit. Etwas von Dauer. Vielleicht für die Ewigkeit.

Oft haben Namiko und ich am Fluss gesessen, und ich habe ihr für ihr Studium aus den Werken großer deutscher Literaten vorgelesen. Während Namiko zwischen meinen Beinen saß, sich mit dem Rücken gegen mich lehnte und ihren Kopf gegen meine Schulter legte, begleiteten wir den jungen Werther bei seinen Liebesleiden, verfolgten wir das Schicksal der Buddenbrooks, begriffen wir die getretenen Leben eines Woyzeck oder eines Simplicissimus. Ich las mit leiser Stimme Sätze in ihr Ohr, und Namiko schwieg und kraulte meinen Arm. Es sind die Momente, in denen das Leben sich aufs Murmeln beschränkt, die man in seinem Inneren konserviert.

In letzter Zeit bin ich nicht mehr so verzweifelt, wenn ich an Namiko denke, wenn ich Sachen von ihr sehe oder irgendein Geruch mich an sie erinnert. Ich bin manchmal schwermütig, aber oft bin ich glücklich. Vergangenheit kann einen zerreißen, aber sie kann auch ein Geschenk sein. Namiko kam als Rätsel und ging als Geschenk. Ich werde ihr das nie vergessen.

43

Es geschah an einem sonnigen Samstagmorgen mitten im August. Unser zehnter Hochzeitstag lag gerade ein paar Wochen zurück, ich war einundvierzig Jahre alt und darüber hinaus ein glücklicher Mann, weil Namiko ganz offensichtlich eine glückliche Frau war. In all den Jahren hatte unsere Beziehung nichts von der Nähe verloren, die wir gleich zu Anfang aufgebaut hatten, und noch immer erfühlten wir unsere Küsse und Berührungen mit den Herzen.

An jenem Morgen standen wir spät auf, weil Namiko Probleme mit den Augen hatte und alles doppelt sah. Da wir einen langen Abend zusammen mit ihrem Vater hinter uns hatten, schoben wir es auf die Müdigkeit und dösten in den Tag hinein. Wir frühstückten im Wohnzimmer vor der offenen Terrassentür, und es gab selbst gebackene Brötchen, Marmelade von Früchten aus unserem Garten, frischen Kaffee und einen von Namikos geflüsterten, langsamen Spezialküssen. Wir ließen uns Zeit mit dem Essen, denn wir hatten für diesen Tag noch nichts vor. Von den Plänen, die das Schicksal für uns hatte, ahnten wir nichts.

Nach dem Essen stand Namiko auf, und weil ihr ein bisschen schwindelig war, trat sie durch die Terrassentür in den Garten hinaus, um frische Luft zu schnappen. »Wir sehen uns«, sagte sie und lächelte mich durch die Tür an.

Ich räumte den Frühstückstisch ab, kümmerte mich um den Abwasch und setzte mich in die Küche, um die Zeitung durchzublättern. Vor zwölf Jahren, als ich nach Japan gekommen war, hätte ich kein einziges Wort verstanden, aber nun saß ich da und konnte mühelos lesen, was in der Welt so vor sich ging. Der Wetterbericht versprach für den folgenden Sonntag strahlenden Sonnenschein, und ich überlegte, ob wir nicht mal wieder aufs Land fahren und irgendwo einen schönen Flecken Natur erkunden sollten. Im Regal stand auch noch das alte Holzschiffchen, mit dem wir vor Jahren das Fest am gewundenen Bachlauf nachgespielt hatten. Wir könnten es vielleicht mitnehmen und an irgendeinem Bach ein bisschen Poesie in die Welt setzen. In letzter Zeit nahmen wir für Ausflüge in die Natur immer unsere Fahrräder mit in den Zug, denn Namikos Traktor hatte vor ein paar Monaten leider das Zeitliche gesegnet. Seine beiden großen Hinterräder hatten eine neue Aufgabe bekommen und gaben in unserem Garten zwei mächtige Kübel ab, in denen wir allerlei Setzlinge zogen und so neues Leben in die Welt setzten. Namiko hatte die Räder deshalb »Brutkästen« getauft.

Eine Bewegung am Rande meines Blickfelds ließ mich aus der Zeitung aufschauen. Draußen vor der Terrassentür schwebte eine Möwe in der Luft und sah direkt zu mir herein. In Kyoto, das von der Küste ein gutes Stück entfernt liegt, war dies ein ungewöhnlicher Anblick, auch wenn Möwen sich sowohl auf dem Wasser als auch an Land wohlfühlen. Mit ausgebreiteten Schwingen und im Sonnenlicht weiß strahlendem Gefieder verharrte der Vogel in der Luft, als wollte er mich darauf aufmerksam machen, dass er auch noch in einer dritten Sphäre zu Hause war, die wie ein schwereloses Dach die anderen überspannte. Ich rührte mich nicht, um die Möwe nicht zu verscheuchen, und ihre schwarzen Knopfaugen schienen einen prüfenden Blick in mein Inneres zu werfen. Mit einer geschmeidigen Bewegung glitt sie schließlich nach oben und verschwand.

Ich legte die Zeitung beiseite und setzte für mich einen Kaffee und für Namiko einen Cappuccino auf. In ihre Tasse schüttete ich die üblichen fünf Löffel Zucker, in meine einen Schluck Milch. Mir fiel ein, dass ich bei unserem allerersten Gespräch auf die Milch in meinem Kaffee verzichtet hatte, nur um ihr zu imponieren, und ich musste lächeln. Damals konnte ich noch nicht wissen, dass man sie mit unverstellter Natürlichkeit viel mehr beeindrucken konnte.

Ich rührte beide Tassen um, nahm eine in jede Hand und ging durch das Wohnzimmer hindurch in den Garten. Das Licht der Sonne strich mir gütig übers Gesicht, und genussvoll zog ich die Morgenluft ein. Die Zikaden zerkratzten mit hellen Tönen die Luft, und in den Bäumen komponierten Vögel, die sich über den warmen Tag freuten, ein paar fröhliche Melodien. Zunächst wunderte ich mich, dass ich Namiko nirgendwo entdecken konnte.

Dann sah ich sie. Sie lag leicht zusammengekrümmt unter der Kiefer, die einst im Garten der Mondseufzer gestanden hatte und hier inzwischen zu einem richtigen Baum herangewachsen war. Namikos Gesicht war von ihren Haaren bedeckt, sie lag auf der Seite und hatte einen Arm auf dem Gras abgestützt, als hätte sie versucht, noch einmal aufzustehen. Ich ließ die Tassen fallen und stürzte zu ihr hin. Ich glaube, dass ich immer wieder ihren Namen rief, während ich neben ihr ins Gras fiel, sie an mich heranzog und ihr die Haare aus dem Gesicht strich. Ihre Augen waren geöffnet und schienen auf einen Punkt irgendwo hinter mir zu starren, und ihren Mund umspielte jener Ausdruck leiser Überraschung, der sich immer einstellte, wenn das Leben Namiko etwas Neues bot. Eine ihrer Hände war zur Faust geballt, und irgendetwas schimmerte zwischen den geschlossenen Fingern hervor.

Namiko reagierte nicht, und ich war nicht sicher, ob sie einen Puls hatte. Der Panik nahe lief ich in die Wohnung, rief den Notarzt an, öffnete die Haustür, rannte wieder in den Garten zurück und hielt Namiko in meinen Armen. Ich erinnere mich, dass ich, bis der Arzt kam, ohne Unterbrechung auf sie eingeflüstert habe, aber ich kann mich an keinen einzigen Satz mehr erinnern. Durch meine Tränen blickte ich die ganze Zeit in ihr Gesicht, weil ich Angst hatte, es schon sehr bald niemals wieder betrachten zu können.

Der Arzt und die beiden Sanitäter traten nur wenige Minuten nach meinem Anruf in den Garten. Sie hoben Namiko vorsichtig auf eine Trage und brachten sie durch das Wohnzimmer hindurch und an unserer Küche vorbei in den Rettungswagen. Mit Blaulicht fuhren wir in die Klinik. Dort trugen sie Namiko an mir vorüber, und Sekunden später schwang eine Doppeltür aus Milchglas hinter ihr zu. Für einen kurzen Augenblick fühlte ich mich zurückversetzt an den Tag unserer ersten zufälligen Begegnung, als eine Bambusgruppe sie so plötzlich meinen Augen entzogen hatte.

Ich saß eine Ewigkeit draußen im Warteraum, trommelte mit den Händen auf meine Oberschenkel, betrachtete die Knöchel meiner Finger, flüsterte wie im Fieber ihren Namen vor mich hin, stand immer wieder auf, lief von einer Wand zur anderen und starrte auf die verschwommene Milchglastür, hinter der Namiko nach zwölf Jahren so jäh verschwunden war. Natürlich hielt ich mich an der Hoffnung fest, dass alles wieder in Ordnung käme. So ungerecht konnte das Schicksal einfach nicht sein.

Dass es nicht wieder in Ordnung kommen würde, las ich im Gesicht des Arztes, der schließlich durch die Doppeltür auf mich zukam und mir traurig in die Augen blickte.

»Sie lebt«, sagte er, aber als er seine Hand auf meine Schulter legte, wusste ich, dass das noch nicht die ganze Wahrheit war.

»Ihre Frau ist bewusstlos. In ihrem Gehirn ist ein Blutgefäß geplatzt.«

»Können Sie operieren?«, fragte ich leise, obwohl die Antwort bereits in der Luft lag.

Der Arzt schaute betroffen auf den Fußboden. Ich spürte, wie mir die Tränen über die Wangen rannen, und der Arzt schluckte zweimal, bevor er langsam den Kopf schüttelte, ohne mich anzusehen.

»Das Blut breitet sich im Gehirn aus, und wir kommen nicht heran, um es zu stoppen.«

»Wie lange noch?«, fragten meine Lippen.

Er blickte wieder auf und sah sehr müde aus, während er mit den Schultern zuckte. »Ich weiß nicht. Eine Stunde vielleicht. Es tut mir so leid.«

Ich nickte stumm. Eine Art innere Taubheit sickerte mir in die Glieder, und meine Gedanken und Erinnerungen schossen wild umher, suchten nach irgendetwas, an dem sie sich festgreifen konnten, fanden nichts, tobten weiter und überschlugen sich wie in Panik versetzte Schatten, die von ihren Besitzern abgerissen worden waren und nun orientierungslos umherflirrten. Mein Kopf war angefüllt mit Chaos und dennoch unendlich leer. Wie in Trance bewegte ich meine Lippen, aber es kam kein Wort heraus, weil ich nicht wusste, was ich sagen sollte. In nur einer Stunde würde unser gemeinsames Leben abrupt ein Ende nehmen. Tief in mir verspürte ich den Drang, mit ihr zu gehen, egal, wohin ihr Weg sie nun führen würde.

»Ich will zu ihr«, brachte ich endlich heraus, und der Arzt nickte. Meine Füße gehorchten mir nur widerwillig, als ich schwerfällig ein Bein vor das andere setzte. Während wir durch die Milchglastür gingen, hielt der Arzt mir etwas Braunes entgegen.

»Den haben wir in ihrer Hand gefunden«, sagte er, und mit tränennassen Augen blickte ich auf einen kleinen Kiefernzapfen.

44

Namiko schlief.

Sie hatten ihr die Augen geschlossen.

Zeit, was ist Zeit?

Vor ein paar Stunden hatten wir noch aneinandergeschmiegt in unserem Bett gelegen, und ihre funkelnden

Pupillen hatten in meine Seele geblickt. Ahnungslos hatten wir gefrühstückt, und während Namiko auf die Kiefer zugeschlendert war, hatte ich den Wetterbericht in der Zeitung gelesen. Nun war alles ganz anders. Vielleicht ist Zeit einfach der Überbringer neuer Umstände.

Ich saß auf einem Stuhl neben ihrem Bett, hatte meinen Kopf auf ihre Brust gelegt und hielt ihren warmen Körper in meinen Armen. Ihr Brustkorb hob und senkte sich langsam und regelmäßig, und ein paar Kabel führten von ihr weg und mündeten in Geräte, die ihre Herz- und Hirntätigkeit aufzeichneten. Ein leises Piepsen machte ihren Herzschlag hörbar. Doch irgendetwas schien sich langsam zu entfernen.

Was ist Zeit?

Ich hob meinen Kopf und blickte in ihr friedliches Gesicht. »Es ist nicht entscheidend, wie viel Zeit man miteinander hat, sondern wie intensiv man sie genutzt hat«, hätte Namiko jetzt gesagt, und wahrscheinlich hätte sie dabei sogar gelächelt. Zeit ist womöglich ein Behälter, bei dem jedem selbst überlassen ist, wie viel er hineinpackt.

Zwischendurch kam der Arzt herein und sah nach uns, und ich bat ihn, Namikos Vater anzurufen. Ich hätte es selbst getan, aber ich wollte sie nicht ausgerechnet jetzt, in den letzten Minuten, noch im Stich lassen.

Ich legte meinen Kopf neben ihren auf das Kissen und strich mit meinen Fingern über ihr Gesicht. Sanft zeichnete ich, wie schon so oft, ihre Augenbrauen nach und glitt dann über ihren Nasenrücken, an dem sie sonst selbst immer mit dem Finger entlanggefahren war, wenn sie über etwas nachdachte.

»Ich danke dir«, flüsterte ich in ihr Ohr und küsste ihre Schläfe. Gut möglich, dass der Rhythmus der Zeit nicht im Wechsel von einer Sekunde zur nächsten liegt, sondern im Wechsel zwischen Geben und Nehmen. Oder im Kommen und Gehen, so wie die Gemüsestücke, die in Namikos Suppe auf- und wieder abgetaucht waren, als sie, darin herumrührend, von ihrer Mutter erzählt hatte.

»Ich bin da«, sagte ich und berührte mit meinen Lippen ihren Mund. Falls sie mich nicht mit den Ohren hören konnte, vermochte sie es vielleicht noch mit ihrem Herzen.

Der Arzt kam und sagte, dass er ihren Vater nicht erreicht habe. Wir beschlossen, ein Taxi zum Garten der Mondseufzer zu schicken und den Fahrer dort nach ihm suchen zu lassen.

»Du weißt nicht, wo du jetzt hingehst«, flüsterte ich, als wir wieder alleine waren. »Aber du kannst dich darauf verlassen, dass man es niemals bereut, wenn man ohne zu sehen und ohne zu wissen weitergeht. Glaub mir, ich kenne mich damit aus. Weißt du noch, der Leuchtturm? Oder dieser dunkle Felsgang damals?«

Ein Schluchzen schüttelte meinen ganzen Körper. Meine Hände griffen nach ihren Fingern, als könnte ich Namiko so in dieser Welt festhalten. Zeit ist etwas, das sich umso weniger gefangennehmen lässt, je mehr man es versucht. Ein Gespenst, durch das man hindurchgreift. Ein Spuk.

Ich sah in ihr Gesicht, aber ich fand nicht heraus, was in ihrem Kopf gerade vor sich ging. Ob sie mich wahrnahm? Ob sie wusste, dass sie gerade starb? Ob sie an uns dachte und an all das, was uns so eng zusammengebracht hat? Ob sie an ihre Mutter dachte oder sie vielleicht schon in der Ferne erblicken konnte? Ob sie traurig war oder neugierig auf das, was kam?

Der letzte Satz, den Namiko zu mir gesagt hatte, lautete »Wir sehen uns«. Wie hatte sie das gemeint?

Der Taxifahrer rief an. Im Garten der Mondseufzer hatte er ihren Vater nicht finden können. Die Klinik wollte weiter versuchen, ihn in seiner Wohnung am Telefon zu erreichen.

Kurz darauf gab sie einen kaum hörbaren seufzenden Laut von sich, und während mein Herz bis in den Hals hinauf hämmerte, als wollte es Namiko gleich mitversorgen, hörte ihres auf zu schlagen. Die kleine Ader hinter ihrer Schläfe pulsierte nicht mehr. Das elektronische Piepsen ging in ein monotones Summen über. Meine Hände umfassten ihr vertrautes Gesicht. Seltsamerweise dachte ich eine Sekunde lang daran, wie wir manchmal miteinander geschwiegen hatten. Das Weinen machte mir das Luftholen schwer. Namiko atmete hörbar aus, und dann bewegte sich ihr Brustkorb nicht mehr. Plötzlich wurde es sehr still in der Welt.

Namiko schlief. Für immer.

»Wir sehen uns«, flüsterte ich.

45

Der Wind strich leise über das Gras, nahm ein paar lose Blätter auf, trug sie über das Wasser und setzte sie so sanft darauf ab, wie eine Mutter ihr Baby bettet. Kleinen grünen Booten gleich schaukelten die Blätter auf der Oberfläche und entfernten sich langsam von uns. Die Äste der Bäume wedelten langsam hin und her, als würden sie sich winkend von jemandem verabschieden. Hinter uns flog geräuschvoll ein Vogel aus einer Baumkrone auf und flatterte über unsere Köpfe hinweg. Zikaden summten einen monotonen Choral. Vermutlich die Urenkel jener Zikaden, die bei meinem ersten Besuch an diesem Ort gezirpt hatten, sinnierte ich und starrte ins Wasser. Aus der Ferne drang gerade noch vernehmbar das Husten der Zivilisation zu uns herüber, anscheinend konnte das Leben nicht überall innehalten für diesen besonderen Augenblick. Irgendwo neben mir quakte ein Frosch mit diesem typischen aufsteigenden Tonfall, als hätte er eine Frage an uns oder überhaupt an die Welt. Namiko hatte einmal die These aufgestellt, dass jedes Quaken eines Frosches eine Frage war, die ein Mensch zu stellen versäumt hatte, obwohl ihre Zeit gekommen war. Die letzten Sonnenstrahlen betasteten die Pflanzen und den Teich mit seiner kleinen Seeleninsel, wie um sich ein genaues Bild von der Szene zu machen.

Wir waren allein.

Ich holte tief Luft und konzentrierte meinen Blick auf die Karpfen, die sich unter der Wasseroberfläche hin und her bewegten auf einer immerwährenden Suche nach dem großen Glück. Kleine Wellen rollten über den See. Verbogene Schilfhalme stachen aus der Tiefe hervor wie Periskope neugieriger Teichbewohner. Ein Wasserläufer döste friedlich in der Sonne und genoss die letzten Sekunden seines kurzen Daseins, bevor ein Karpfen ihn holte. Wenn das Wasser gegen das Land vor meinen Füßen stieß, gab es ein kaum hörbares, erschrockenes Glucksen von sich und zog sich wieder zurück. Die Luft roch nach Tagesende.

»Bist du so weit?«, fragte eine vertraute Stimme neben mir, und ich starrte weitere zehn Sekunden in den Teich, bevor ich nickte. Natürlich war ich nicht so weit, aber wenn wir darauf warteten, würden wir bis in alle Ewigkeit hier stehen und dem Lauf der Dinge zusehen.

»Ja«, sagte ich also. »Lass uns anfangen.«

Eine kurze Pause entstand, in der wir Schulter an Schulter standen und schwiegen. Der Frosch unterbrach sein Quaken plötzlich, als ob er wüsste, dass jetzt nicht die Zeit war zu hinterfragen.

»In Ordnung«, sagte Namikos Vater, und wir wandten einander zu und blickten uns in die Augen. Dann nickte er feierlich und hob respektvoll die Urne. Sie schimmerte golden im Abendlicht. Wie eine kleine Sonne, dachte ich. Er entfernte die Abdeckung so ehrfürchtig wie ein Junge, der einen wilden Vogel gesund gepflegt hatte und ihn nun aus dem Schuhkarton in die Freiheit entließ. Vorsichtig neigte er die Urne, die Asche rieselte in feinen Rinnsalen heraus, und der Wind nahm sich ihrer behutsam an und zog sie mit sich. Sie schwebte durch die Luft und schlug kleine Wirbel, als sei sie von irgendetwas erlöst worden. Wie ein kleiner, schwach leuchtender Geist stand der Staub des Lebens in der Abendsonne über dem See und schien nicht zu wissen, wohin. Schließlich segelten die Partikel wie vorsichtige Kundschafter, die eine neue Welt oder ein neues Leben inspizierten, in Zeitlupe auf das Wasser hinab und verschwanden darin. Ich dachte an die Mehlwolke, in die Namiko uns getaucht hatte, kurz nachdem wir zusammengezogen waren.

Als die Urne leer war, ließ Namikos Vater den Arm sinken. Dann schraubte er sie mit zitternden Händen wieder zu. Ich sah dabei zu, wie die letzten Spuren des Wellenkindes im Wasser versanken und dabei tonlose Geräusche verursachten.

»Du hast meine Tochter zu Lebzeiten in Ehren gehalten. Nun halte sie auch danach in Ehren«, sagte er und reichte mir die Urne.

»Das werde ich tun«, versprach ich. Mit beiden Händen schmiegte ich die Urne an mein Herz.

EPILOG

Immer wenn ich eine Flöte höre, muss ich an Namiko denken.

Meistens sind es die langsamen, tiefen Töne der japanischen Shakuhachi, deren Zauber mich trunken macht, wenn Namikos Vater im Garten der Mondseufzer spielt, während ich mich um die Gewächse kümmere. Den alten Herrn verlassen langsam die Kräfte, weshalb er die Pflege der Pflanzen in meine Hände gegeben hat. Natürlich weiß ich, was der Garten ihm bedeutet, und so fühle ich mich geehrt und gebe mir alle Mühe. Ich halte nicht nur den Garten frisch, sondern auch die Geschichten, die er erzählt, denn Geschichten muss man hegen, damit sie nicht vergehen.

Und schließlich ist eine neue hinzugekommen.

Manchmal stehe ich am Ufer des Sees und blicke in die Wellen. Dann muss ich lächeln, weil ich mich erinnere, wie Namiko und ich zum ersten Mal hier saßen und wie ihr Vater die vermeintlichen Eindringlinge vertrieb. Heute sitzen er und ich oft gemeinsam auf der kleinen Seeleninsel, und er spielt Flöte. Er sagt, so wie seine Flöte mit ihren Tönen den Lebensweg des Gartens abtaste, so sei das auch mit dem Mond, der das eigene Gesicht von morgen darstelle, welches auf den Weg blickt, den man gerade geht. Vielleicht berührt der Mond uns deshalb so stark. Weil wir, wenn wir nach oben in den Sternenhimmel blicken, merken, dass wir uns gerade selbst aus der Zukunft heraus beobachten. Und dann wird uns bewusst, dass wir für unsere späteren Erinnerungen schon jetzt verantwortlich sind.

Ich würde nicht sagen, dass ich in der Vergangenheit lebe. Doch wie sich der Mond nicht über seine vorübergehend spitze oder runde Form erschließt, so besteht ein Mensch nicht nur aus dem, was er jetzt gerade ist, sondern auch aus dem, was er gestern war. In unserem Inneren fließen Vergangenheit und Gegenwart zusammen. Vielleicht ist in Wirklichkeit auch beides dasselbe. Denn Zeit, was ist schon Zeit? Sie reißt Dinge auseinander, die zusammengehören. Sie trennt den Menschen, der war, von dem, der ist. Manchmal trennt sie sogar zwei Menschen, die im selben Augenblick leben. Zeit ist etwas sehr Konstruiertes, und wir sollten ihr lieber nicht allzu viel Gewicht beimessen.

Im Wohnzimmer auf dem Regal steht ein kleines hölzernes Schiffchen, und darin steckt zusammengerollt die Serviette, auf der in Namikos Handschrift das Koan geschrieben steht. Wenn ich auf Herrn Matthau sitze und mein Blick das Schiff streift, fangen meine Gedanken an, wie zeitlose Arme Erlebnisse hervorzuziehen. Dann sitzen Namiko und ich wieder auf dem Trecker und holpern durch die Landschaft, und ich höre ihr Lachen, oder wir springen durch den Regen und boxen nach den herabschießenden Tropfen. Immer wenn ich in der Stadt unterwegs bin, mache ich einen Umweg über den Platz vor dem Hauptbahnhof. Hier hatte uns

Namikos Vater mit seinem alten Auto abgeholt und zum Flughafen gebracht, und aus einem der Kirschkerne, die Namiko damals in die Erde gesteckt hatte, ist inzwischen ein richtiger Baum gewachsen. Für mich ist das ein sehr befriedigender Beweis dafür, dass das Vergangene in der Gegenwart Früchte tragen kann. So wie das Pferd im Schriftzeichen für Bahnhof.

Ich glaube, dass ich ein zufriedener Mann bin, der nicht nur das Vergangene und die Gegenwart im Blick hat, sondern der auch voller Zuversicht in die Zukunft sieht. »Eine wartende Geliebte«, das gehörte zu den ersten Worten, die Namiko damals an mich richtete, als ich im Zengarten stand und sie mir die Bedeutung der Kiefer verriet. Und wenn ich das mit ihren letzten Worten verbinde, dann glaube ich, dass sie irgendwo auf mich warten wird. Ob das wirklich so ist, kann ich natürlich nicht wissen, aber es war ja schon einmal das Unwissen, das mich zu Namiko geführt hat. Wenn ich meine Hand in die Hosentasche stecke und meine Finger den kleinen Kiefernzapfen berühren, bekomme ich sehr viel Vertrauen in die Zukunft. Mein Bauch sagt mir, dass die wartende Geliebte, mit der alles begann, am Ende Namiko selbst ist, die in einer unbekannten Welt darauf vertraut, dass ich irgendwann nachkomme. Eines Tages werde ich durch eine nebelverhangene Tür gehen, und dahinter wird Namiko auf einer Wiese stehen oder in einer heißen Badewanne liegen und mir ein Glas Rotwein entgegenhalten und sagen: »Da bist du ja endlich«, und ich werde mit »Hallo Siebenschläfer« antworten, und dann werden wir beide lächeln.

Bis dahin genieße ich mein Leben in Kyoto. Wenn das irdische Leben nur eine *Form* des Seins ist, muss es auch noch andere Formen geben. Ich kann warten. In einem anderen Leben habe ich schon einmal fast dreißig Jahre lang auf Namiko gewartet, ich kann es wieder tun. Seit unserem ersten Kuss weiß ich, dass es manchmal ganz gut ist, ein bisschen Geduld zu haben. Warten ist geflüstertes Sein.

Guter Satz, würde der alte Fischer sagen.

Anmerkungen

Ist Licht, wenn es sich verfinstert, kein Licht mehr? Während es alle anderen Koans in diesem Buch tatsächlich gibt und sie in Zenklöstern der Meditation dienen, ist dieses erfunden. Es entstand durch einen Formulierungsfehler meinerseits und das aufmerksame Lektorat des Verlags. Irgendwo im Manuskript hatte ich Bäume im »sich verfinsternden Licht« beschrieben, und Dr. Felicitas Igel, die dieses Buch als Lektorin betreute, notierte daneben: »Kann Licht sich verfinstern?«

Je länger man darüber nachdenkt, desto mehr verliert man sich in metaphysischen Gedankenknoten. Schnell kommt man bei der Frage an, ob Leben sterben kann. Aber so lange man auch grübelt – am Ende wird keine klare Antwort stehen. Doch der eigentlichen Botschaft der Notiz ist man dann intuitiv schon längst gefolgt: dass nämlich die kleinen Randbemerkungen, das Leise und Unaufdringliche, manchmal viel mehr bewegen, als uns bewusst ist.

Immer wieder beschäftigen Psychologen sich mit der Frage nach dem Bauchgefühl. Und immer wieder lassen sie Kopf und Bauch in wissenschaftlichen Versuchen gegeneinander antreten. Die in diesem Buch erwähnten Untersuchungen zum Thema Intuition (mit Erdbeermarmelade, Postern, an Studenten und an Führungskräften aus der Wirtschaft) hat es deshalb tatsächlich gegeben, und sie alle kamen zu dem Schluss, dass wir gut beraten sind, manchmal auf unseren Bauch (oder auf unser Herz) zu hören, weil wir mit Intuition oft bessere Entscheidungen treffen als durch Nachdenken.

Ebenfalls der Realität entsprechen viele Örtlichkeiten, wie die Beschreibung der Innenstadt von Kyoto, das *Café*

Moan am Yoshida-Schrein und das *Restaurant Glück* auf Ishigaki. Der Garten des Silbernen Pavillons mit seiner »Plattform gegenüber dem Mond« und dem »Silbersandsee« ist einer von Japans berühmtesten Gärten, direkt am malerisch schönen »Weg der Philosophie«.

Die Spur des erwähnten Fujito-Steins lässt sich bis ins 16. Jahrhundert zurückverfolgen. Vom Strand, an dem er gefunden wurde, reiste er 250 Kilometer per Schiff und Karren in den Garten eines hohen Militärkommandeurs. 1569 zog er in einer Parade zu Ehren des Shoguns mit: Eingehüllt in Brokat und geschmückt mit Blumen wechselte er zu einem neu erbauten Sitz des Herrschers. Von dort wurde er noch zweimal umgesetzt – in den Gartenanlagen des Tempels Daigo-ji in Kyoto kann er heute besichtigt werden. Der abgebrochene Splitter, der im Mondseufzer-Garten liegt, ist allerdings ebenso eine Erfindung wie dieser Garten selbst.

Beim Zusammentragen von Informationen über japanische Gärten, Koans und Schriftzeichen haben mir folgende Sachbücher geholfen:

Daisetz T. Suzuki: *Koan*
Amiyo Ruhnke: *Zenkoans*
Japanese Garden Research Association: *Create your own japanese garden*
Edith W. Lewald: *Nicht überall schreibt man mit ABC*
Marc Peter Keane: *Gestaltung japanischer Gärten*
Irmtraud Schaarschmidt-Richter: *Gartenkunst in Japan*
Teiji Itoh: *Die Gärten Japans*
Kenneth G. Henshall: *A guide to remembering japanese characters*
Martin Collcutt, Marius Jansen, Isao Kumakura: *Japan. Bildatlas der Weltkulturen*
Takeo Doi: *Amae*